Lo pasado no es un sueño

THEODOR KALLIFATIDES

Lo pasado no es un sueño

Traducción de
Selma Ancira

Galaxia Gutenberg

Título de la edición original: *Τα περασμένα δεν είναι όνειρο*
Traducción del griego moderno: Selma Ancira Berny

Publicado por
Galaxia Gutenberg, S.L.
Av. Diagonal, 361, 2.º 1.ª
08037-Barcelona
info@galaxiagutenberg.com
www.galaxiagutenberg.com

Primera edición: abril de 2021
Segunda edición: octubre de 2021

Preimpresión: Maria Garcia
Impresión y encuadernación: Romanyà-Valls
Pl. Verdaguer, 1 Capellades-Barcelona
Depósito legal: B 162-2021
ISBN: 978-84-18526-31-2

I

Tenía ocho años cuando mi abuelo me tomó de la mano y no la soltó hasta que encontramos a mis padres en Atenas. Quién sabe qué podría haber pasado si me hubiera quedado en el pueblo.

Era 1946. Principios de la primavera de 1946. Los almendros florecían uno al lado del otro y el campo estaba en su esplendor. Antes que todos los demás árboles, mientras el viento del norte aún siega como una hoz, «florece el enloquecido almendro», como dice la canción, y brotan delicadas florecitas blancas con un aroma dulce y sutil, que recuerda el sabor de la almendra.

Éramos expertos en cuestión de almendras. Las comíamos frescas, asadas, escaldadas, peladas, saladas, azucaradas. Lo único que no hacíamos con ellas era *suvlaki*. En junio de 1941 entraron los alemanes en el pueblo. Se apoderaron de todo lo que había comestible, y lo que no pudieron llevarse con ellos quedó para los que se dedicaban al mercado negro. Pasábamos hambre. Los terrenos se vendían por un saco de harina. Las muchachas se compraban por un litro de aceite. Las almas se extinguían de inanición como luciérnagas.

Nosotros, en el pueblo, teníamos almendras. Pasábamos hambre, pero nadie moría. Yo tenía tres años y mi abuela –profundamente religiosa– me había enseñado a terminar mi plegaria de la noche con un ruego especial a Diosito por el pan del día siguiente.

–¿Vino el pan? –le preguntaba por la mañana, apenas me despertaba.

—Este niño es como santo Tomás —decía mi abuela y yo no entendía.

Un día los alemanes perdieron la guerra y se fueron. En el vacío que dejaron, aparecieron de pronto, por un lado, organizaciones de ultra derecha, en algunos casos incluso de excolaboradores de los invasores decididos a acabar con todos aquellos que pudieran ser o volverse comunistas y, por el otro, organizaciones de izquierda, decididas a cobrarse la sangre derramada.

La iglesia de San Jorge era el corazón del pueblo. En su patio celebrábamos la Navidad y la Pascua, las bodas y los bautizos. Pero en ese tiempo se había convertido en una era de la muerte. Ahí nos concentraban, primero los alemanes, luego los Batallones de Seguridad —en otras aldeas los de la izquierda—, elegían a unos cuantos, se los llevaban consigo y nadie los volvía a ver.

Un día entraban en el pueblo unos, otro día otros. Ya nadie dormía tranquilo.

El primero en irse fue mi padre. En el último momento. Llamaron a la puerta y él apenas tuvo tiempo de salir por el patio trasero. Me arrimé a mi madre tembloroso como una hoja de sauce. Le preguntaron dónde estaba su marido.

—Se acaba de ir a la escuela —les respondió.

Mi padre era maestro, la escuela era su orgullo, él mismo la había reformado.

—Nos estás contando cuentos, es igual, lo encontraremos —dijo su jefe furioso, y uno que era pariente lejano de mamá le dio un bofetón terrible que no olvidó jamás. No lloró. Sabía que esa bofetada le estaba salvando la vida, porque les satisfizo a todos y se fueron complacidos. Dos minutos después volvió a aparecer mi padre. No podía irse sin despedirse de sus hijos, dijo, y mi madre perdió los estribos.

—Vete antes de que te mate yo —lo amenazó.

Después, se fue yendo toda la familia, por separado. Primero mis dos hermanos mayores, luego mi madre. Me quedé con mis abuelos. Me enteré de que mi hermano Stelios había sufrido algo horrible, pero no supe qué. Tenía miedo de los niños mayores cuyos padres eran monárquicos. A mí me llamaban «el rojillo».

Por lo demás, lo pasaba bien. Jugaba con las hijas de mi tío que eran menores que yo, encendía la pipa de mi abuelo con brasas, leía biografías de santos –no había libros infantiles–, iba a la escuela. A la maestra le caía bien. Podría haber seguido así, pero una tarde unos niños me pegaron y me desollaron la espalda con las espinas de un maguey de esos que llamamos «inmortales», el más común de los cactus. También para mí había llegado el momento de partir.

La mano de mi abuelo era grande y tibia y no lloré. Él, en cambio, se secaba los ojos que ya estaban tocados por las cataratas; las caras y las cosas, más que verlas, las recordaba. Puede que sus ojos estuvieran debilitados, pero su mano era fuerte y en una ocasión me soltó un sopapo que no era necesario, como tantas otras cosas en aquellos tiempos. Las guerras, por ejemplo. Una que acababa y otra que empezaba. Y así, mi abuelo me tomó de la mano y nos fuimos. Él no sabía lo que yo llevaba dentro, tampoco yo lo sabía; una gran parte de mi vida transcurriría en el intento de comprenderlo.

Tres días tomó el viaje hasta llegar a Atenas. Primero fuimos a Monemvasía, en la burra del abuelo. Algún conocido habría que se la llevara de nuevo al pueblo, aunque era bastante terca y no obedecía más que a mi hermano Stelios.

Nos vimos obligados a pasar la noche en Monemvasía porque el caique no estaba listo para zarpar. En la única taberna del lugar comimos salmonetes fritos y mi abuelo se fumó su pipa. Todos lo conocían a él y él los conocía a todos.

Lo pasamos bien. Dimos una vuelta por las callejuelas de la Fortaleza. Mi abuelo iba despacito y de tanto en tanto suspiraba: «Ah, qué no habrá pasado esta gente». No era un hombre instruido, en realidad era casi analfabeto, pero las venturas y desventuras de la ciudad habían llegado y se habían quedado para siempre en el corazón de las personas a través de canciones y relatos. Como por ejemplo aquella del Caballero Francés que a mediados del siglo XIII cercó la ciudad durante tres años sin resultado. No quedaba nada comestible. «Algún que otro buen ratón, que también se fue al fogón», como dice la tonada. Pero los asediados no entregaron la llave de su única puerta. El Caballero, por otro lado, había jurado sobre su espada que no renunciaría hasta no haber conseguido su objetivo. En medio de la desesperación, los asediados y los asediadores firmaron finalmente un acuerdo de paz, y la ciudad continuó floreciendo, sobre todo cuando el vino local que aún hoy se llama Malvasía –así llamaban los francos a Monemvasía– se volvió conocidísimo, lo bebían en las cortes de los reyes y en los palacios imperiales y decían que con la misma receta se preparaba el néctar de los dioses.

Más tarde la ciudad cayó en manos de los musulmanes, que prohibieron la elaboración de vino. La técnica se olvidó hasta el día de hoy que se están descubriendo de nuevo las viejas recetas.

–Ah, qué no habrá pasado esta tierra –suspiraba el abuelo aspirando su pipa y yendo de una iglesia a la otra, porque pese a no ser religioso, se alegraba del trabajo bien hecho–. Qué habilidosos eran –decía de tanto en tanto. Todo alrededor olía a albahaca y a geranio. ¿Cómo iba yo a saber que jamás olvidaría ese olor?

El mar, inmenso, golpeaba las abruptas rocas con olas furiosas. Ése era el mar que debíamos atravesar para que yo pudiese volver a ver a mis padres. Sentí miedo, pero no sabía que mi abuelo sentía lo mismo.

A la mañana siguiente zarpamos rumbo al Pireo y la travesía fue todo menos directa. Cada dos por tres atracábamos en diversos puertos para cargar o para descargar. Nos quedamos, finalmente, como únicos pasajeros. En Leonidio se embarcó una cabra que nos miraba altanera.

El primer día transcurrió en calma, pero ya para el atardecer comenzó a soplar el viento. Al cabo de unos cuantos minutos el caique empezó a dar tumbos, la cabra estaba encantada, pero el abuelo y yo vomitamos hasta que no teníamos ya nada más que echar y nos quedamos dormidos por espacio de una media hora. Luego, otra vez lo mismo, y el capitán nos aconsejó que bebiéramos agua, cuanta más mejor, para que «no se os sequen las tripas», nos dijo.

Así transcurrió mi primera noche en el mar, bebiendo agua y vomitando. Por la mañana atracamos en Poros. El abuelo y yo desembarcamos en la orilla con piernas temblorosas. El sol brillaba, la tormenta había dejado en el cielo unas cuantas nubecitas que, cuando las mirabas un buen rato, parecían un rebaño de ovejas pastando. El mundo había madrugado y se frotaba los ojos. Algunos hombres, sin rasurar, vestidos con unas gruesas camisetas de aquellas que con sólo verlas ya sientes comezón, estaban bebiendo café.

El abuelo tomó un té de rabo de gato con mucha miel y yo comí por primera vez en mi vida yogur, también con miel. Poco después, el abuelo encendió su pipa y el mundo regresó a su lugar. Volvieron los olores, el más fuerte era a limón, aunque yo no viera por ningún lado limoneros. El abuelo me explicó que al otro lado había un bosque de limoneros y que era tan grande que uno se extraviaba dentro. Desde entonces, cada vez que veo un bosque, quiero dar media vuelta. Siempre he tenido miedo de extraviarme.

Por suerte tenía al abuelo y no nos perdimos. Al día siguiente llegamos al Pireo, donde por primera vez vi un tren que a mí me causó una impresión enorme, pero el abuelo no le dio importancia. Él ya había visto trenes, en su tiempo de emigrante en América.

–No es Chicago –dijo, y yo pensé que Chicago era un tren más grande todavía.

Al llegar a Atenas, estuvimos dando vueltas a ciegas, mi mano siempre en la suya. La familia nos esperaba, pero en aquellos años uno no sabía cuándo llegaría a su destino. El abuelo llevaba una dirección en el bolsillo. Nada más.

Después de casi dos horas dimos con la calle, sólo nos faltaba encontrar el número 33. Las casas, bajas, tenían agujeros de balas en las paredes, el sol se estaba poniendo, de todos lados llegaban aromas de comida, había niños pequeños jugando en las aceras, en algún sitio tañía una campana, en el café los hombres estaban entregados al juego de tablas y a las cartas. No tenía sentido que viéramos si mi padre estaba ahí. Nunca iba a ningún café. Ésa era una de las cosas de las que yo podía estar seguro. Jamás al café, jamás el *kombolói*, jamás cansado.

Al abuelo, por el contrario, le gustaban los cafés. Con el pretexto de preguntar por mis padres, entró, ordenó un *ouzo* para él y un agua de guindas para mí.

El tabernero se parecía a mi abuelo. De estatura media, regordete, lento, sonriente, ligeramente patizambo. Podrían haber sido gemelos. Y por si eso fuera poco, también él había sido emigrante en América. Como veteranos de la emigración, se entendieron de inmediato, además ambos habían trabajado en los ferrocarriles, y los dos habían vivido en Chicago.

–¿Te acuerdas de qué frío era el aire que llegaba del lago?

Aquellos años fueron importantes, sus ojos vieron muchas cosas, ciudades, procederes, pero, a final de cuentas, mira dónde habían acabado: el uno de tabernero en un callejón ateniense y el otro de hojalatero en Epidauro Limera.

Comencé a temer que no saliéramos nunca de ahí, pero entonces se obró el milagro. De pronto vi a mi madre pasar por la calle. Llevaba puesto un ligero vestido de tela floreada que parecía atraer hacia sí toda la tenue luz de la tarde. Tenía treinta y dos años y parecía inmortal.

2

El número 33 tenía una puerta de hierro que chirrió en el momento en que la abrimos para entrar en el patio, donde nos estaba esperando una nueva vida. Ahí vivía la tía Jrisí con su marido y su suegra. Tenía dos hijos, un niño y una niña de la misma edad que yo, y nos presentaron como primos. En realidad, el parentesco era muy lejano. La primera mujer de mi padre –había muerto muy joven, con sólo veintidós años– era hermana de la tía Jrisí, que no dudó un instante en abrirnos su casa.

Debía ser una solución temporal, pero se prolongó cuatro años. La tía Jrisí era una mujer esbelta, de rasgos bellos y con un corazón más grande que su cuerpo. Era dulce, tranquila y dueña de una elegancia despreocupada que daba fe de que había conocido días mejores en su vida anterior en Constantinopla. La buena educación se le notaba; y también que había sufrido un daño irreparable. Había perdido su patria, como mi padre, después de la catástrofe de 1922. Conocía, además, el arte de «leer el café», algo que con el tiempo, a trancas y barrancas, también aprendió mi madre.

Su marido, el tío Thanasis, era alto, jovial, y hacía, como la mayoría de las personas en aquellos años, dos trabajos. Era bombero con uniforme y salario, y zapatero sin uniforme y sin salario. En el barrio no eran muchos los que encargaban zapatos nuevos, pero la mayoría cambiaba suelas. Además, era originario de Corfú, conocida por sus serenatas y su cárcel para los presos políticos. Sólo mi padre sabía que en esa isla había pasado los últimos años de su vida Dionisios Solomós, extenuado tras tres derrames que le habían dañado el cerebro, ese cerebro que había escrito: «Siempre abiertos, siempre en vela los ojos de mi alma».

El tío Thanasis jamás hablaba de política. En cuanto llegaba de la estación de bomberos, se quitaba el uniforme y se ponía su delantal de zapatero. Por las tardes se iba al tendejón del señor Tsailás —en invierno se sentaba dentro, en la parte trasera de la tienda, en verano fuera, en la única mesita— y se bebía una retsina, unas veces acompañado, otras solo, con un sosiego azul en sus grandes ojos. Nadie lo vio nunca borracho o enojado. Siempre llegaba a casa con bromas y abrazaba delante de nosotros a su mujer que se avergonzaba ligeramente y lo llamaba al orden sin ofenderlo. Mi padre lo llamaba «desenfadado».

Era fácil quererlos, a la tía Jrisí y al tío Thanasis. De sus hijos —mis primos políticos— nos hicimos amigos muy pronto. Antonis era un tipo abstraído, no hablaba si antes no había sopesado el asunto por lo largo, lo ancho y lo profundo. Como consecuencia, nosotros, los demás, lo llamábamos «señor Idea», porque siempre tenía alguna idea nueva, pero le hacíamos caso tanto en cuestiones de fútbol como en las pequeñas querellas que había con otras barriadas. Antonis no era un cabecilla, pero tenía lo que necesita el cabecilla. En el barrio nunca fue el primero, siempre era el segundo, y eso le gustaba. Su hermana, Meri, había heredado el rostro sincero y la risa de su padre, y los ojos dulces de su madre, y se pasaba el día dando vueltas como un trompo. Yo estaba un poco enamorado de ella, pero nunca tuve oportunidad de decírselo.

Fortísima impresión me causó la alta, muy alta —así me parecía— madre del tío Thanasis. Rara vez decía algo, por lo general estaba en una silla, sentada muy recta como una emperatriz, siguiendo los hechos sin involucrarse. En contadas ocasiones se levantaba de su sitio, pero de tanto en tanto tenía que ir al baño, que era común, así que pobre del que tuviese prisa, porque ella no tenía ninguna. Papel higiénico como tal, no había, así que se llevaba con ella algún periódico viejo y se quedaba horas enteras leyendo.

En el patio vivían otras dos familias. Una mujer sola con su hijo, el marido estaba exiliado en Makrónisos. De tanto en tanto llegaba un señor a visitarla. Juntos desaparecían en la penumbra de la única habitación, mientras el hijo se quedaba en la calle, de pie, mirándonos jugar a nosotros, los demás. Por alguna razón que ni él ni nosotros entendimos nunca, no le permitíamos participar en el juego.

También estaba la pareja dispareja, la mujer era mucho más joven que el hombre. No se relacionaban con nadie, pero cada domingo por la tarde se sentaban en el porche de su casa y ella le recortaba los pelos de la nariz con una tijerita. No me cansaba de verlos, parecía yo un fisgón. El hombre zureaba como paloma de puro placer; a veces le daba una nalgadita, ella le susurraba algo al oído, y acto seguido entraban apresuradamente en su habitación. Decían que ella había huido de su casa para complacerlo, a pesar de que ya tenía sus años, estaba gordo, los pelos de la barriga se asomaban por la camiseta de rejilla que usaba, tenía el cabello grasoso y la uña del dedo meñique más grande que el dedo en sí.

—Pero… ¿qué rascará con esa uña? —se preguntaba mi madre.

—Nada —le informaba el tío Thanasis—. Sólo quiere mostrarnos que no tiene necesidad de trabajar.

Y en realidad nadie sabía a qué se dedicaba, por eso todos creían que estaba en las Fuerzas de Seguridad. A mí no me molestaba su uña, pero le tenía miedo a su mirada, era como si descubriera todos mis secretos y sentí un alivio inmenso cuando un día se mudaron y no los volvimos a ver.

Al cabo de poco tiempo, mi mundo creció. Conocí a los otros niños del barrio, a sus padres, a sus tíos y a sus tías, a sus abuelos y abuelas. Vivíamos unos encima de otros, no había casas para todos aquellos que, por miles, dejaban sus aldeas huyendo de la guerra civil. En Atenas encontraban cierta seguridad y algunas posibilidades de hacerse con un trozo de pan.

Todos éramos pobres, pero entre nosotros había quienes eran incluso más pobres. Por lo general, familias sin padre –barcos a la deriva–, decía mamá. Viudas con hijos que estaban completamente solas y otras que aunque tenían marido, éste había sido desterrado a algún islote yermo del Egeo.

Después estaban todas las aves sin alas. Es decir, los que habían sido seriamente heridos y tenían una sola pierna o un solo brazo o un solo ojo, o bien sin piernas, sin brazos, ciegos. La mayoría se dedicaban a la mendicidad y se peleaban entre sí de mala manera por los mejores puestos, fuera de la iglesia, por ejemplo, o frente al colmado. Vestidos de andrajos enseñaban sus muñones y al mismo tiempo, con voz monótona, murmuraban ruegos y deseos a los transeúntes.

–Dale, buen señor, algo al pobre y Dios con creces te recompensará.

Otros tenían letreros en los que contaban sus desgracias, que no eran pequeñas o pocas, eran por lo general verídicas. Las más conmovedoras trataban habitualmente de niños, como la del muchachito inválido cuyo padre mendigaba el billete para ir hasta la Virgen de Tinos, que tantos milagros había obrado: mudos que habían hablado, ciegos que habían vuelto a ver la luz, paralíticos que comenzaron a jugar de nuevo al fútbol y otros milagros y maravillas.

Rara vez teníamos algo que dar, pero en alguna ocasión lo hacíamos. ¡Qué sentimiento tan curioso el de ayudar a una persona! Tenía un sabor dulce, como una cucharada de miel, te llenaba la boca, te llegaba hasta el alma como si te hicieran cosquillas.

Los que más sufrían eran los niños huérfanos que vivían tan libres como los pajaritos, pero igualmente expuestos. Se juntaban en Atenas provenientes de todo el país y ofrecían cualquier servicio que pudieran, algunas veces incluso su cuerpo. Hacían de limpiabotas, vendían jabones y peines que llevaban en cajitas, también cigarros, limpiaban en los burdeles, les hacían recados a las muchachas. Dormían donde podían. Debajo de una escalera, en casas abandonadas, en los parques. Eran niños y niñas, aunque costaba ver la diferencia. Sucios, vestidos con ropa ajena, descalzos, andaban siempre juntos, listos para salir corriendo todos al mismo tiempo como gorriones asustados.

No confiaban en nadie que no fueran los otros niños. Poco a poco nos hicimos amigos de los huérfanos que dormían en una casa en ruinas cerca de donde nosotros vivíamos. Jugábamos al fútbol. Nuestro equipo contra el suyo.

Aquellos partidos eran por lo menos curiosos. Para empezar, porque no había balón, sólo una pelota de trapo. Tampoco había campo. Jugábamos en un terreno con ortigas y las distancias variaban según la época del año, nunca se sabía con certeza si la pelota estaba dentro o fuera. Tampoco había porterías con arcos. Cuándo era gol y cuándo no, se decidía en función de la altura del portero, algo que llevaba a interminables discusiones hasta que finalmente se acataba la decisión de los mayores que estaban siguiendo el partido. Los mayores, por lo general, hacían de árbitro.

Mi hermano Stelios era una especie de entrenador del equipo del barrio y no entraba en esas discrepancias. Pero a nosotros nos martirizaba y nos criticaba a lo largo del juego. Sobre todo a mí. No es que fuera del todo un inepto, pero algunos huérfanos eran verdaderamente talentosos, sobre todo un delgaducho de cabeza grande al que llamábamos Mosquito. Todos decían que tendría un futuro brillante. Algunas veces, sin embargo, el futuro está muy cerca.

El Mosquito y su pandilla se ponían en la esquina de Gizi y la avenida Alexandra. El trabajo iba bien, siempre había alguien que se detenía para que le lustraran los zapatos. Los policías no pagaban. Al Mosquito le caían cariñosos pescozones en su cabeza grande y rasurada.

Ahí se ponían seis niños, uno al lado del otro, flacos e inquietos, en espera de los clientes. Desde las ocho de la mañana hasta ya tarde por la noche. Un día se le soltaron los frenos al autobús de línea en lo más alto de la bajada, el conductor no pudo hacer nada. Los seis niños quedaron estampados contra la pared. Sangre roja y materia gris sobre la acera. Seis vidas perdidas, un sol resplandeciente. Nunca más los huérfanos volvieron a formar una pandilla.

Poco a poco se fueron yendo todos. La mayoría entró en los centros de protección de la reina Federica y de ahí pasaron a las unidades del ejército.

Algo similar hizo la otra parte en la guerra civil. Reclutaban muchachos y los enviaban a los cuarteles de los países del Este.

Así, una cosa era segura. La mayor tragedia para un niño era perder a sus padres. Quizá fue entonces cuando tomé una decisión que influyó en mi vida más que cualquier otra. Jamás abandones a tus hijos. Ni estando muerto.

Teníamos otras tragedias en el barrio. Como la muchachita con discapacidad intelectual a la que, con la ignorancia despreocupada de aquella época, llamábamos «Mongola». Sus padres no la sacaban a la calle durante el día, sólo cuando ya había caído la noche la llevaban, con miles de precauciones, a dar una breve vuelta. Pero los mirábamos por detrás de las contraventanas, era como en el circo, cuando se hace oscuro, sale la fiera. Teníamos curiosidad. ¿Quién nos puede culpar? Por casualidad, una noche vi de cerca a aquella muchacha. Tenía dieciséis años, pero parecía de cuarenta. El cabello cano, la mirada perdida y vacía, hablaba sola con palabras ininteligibles y una voz monocorde que más parecía un balido.

Qué injusta era la vida. ¿Por qué a algunos los golpea de tan mala manera? ¿Por qué a ellos y no a mí?

La señora Lela, por el contrario, era la mujer más hermosa del barrio. Una bella morena de Mitilene, famosa ya desde la antigüedad por sus mujeres. Una vez a la semana daba una función con su propio guion y puesta en escena. Se trataba de cuando colgaba en el patio la ropa recién lavada. Los chicos del barrio, de los ocho años en adelante, ya nos habíamos encaramado en la morera que crecía afuera de su casa y la esperábamos hablando en susurros, a pesar de que ella sabía que estábamos allí.

Salía llevando la ropa recién lavada en una cesta, la ponía en el suelo, y ahí venía nuestro primer shock. Se inclinaba para coger una prenda, el vestido se le levantaba un poquito y los chicos mayores perdían el aliento. El siguiente movimiento era todavía más atrevido. Sacudía la prenda, sus morenos pechos parecían salírsele de la blusa, las gotas de agua resplandecían como soles pequeñitos, algunos le caían encima. Los chicos mayores suspiraban con un deseo que yo desconocía. El momento culminante era cuando la señora Lela colgaba la ropa de la cuerda con el cuerpo estirado, su delgado vestido se le pegaba encima y, en vez de cubrirla, la descubría. Entonces los chicos más grandes desaparecían apresuradamente con la mano derecha en el bolsillo. Yo no entendía por qué, no estaba todavía maduro, pero la belleza de la señora Lela nos afectaba a todos. Incluida ella misma, porque su marido la golpeaba y por las noches oíamos sus súplicas sin que pudiéramos hacer nada.

–Es muy celoso. Tiene celos hasta de su sombra –dijo mamá en una ocasión. Yo no lo entendía. ¿Cómo puede alguien tener celos de la sombra de alguien más? ¿Hasta qué punto se tiene que ser celoso?

Teníamos, además, a la joven viuda que noche tras noche salía de su barraca y llamaba a su único hijo. «Babi-i-is», gritaba y la oscuridad caía.

Había también alegrías, como las hogueras de San Juan o las cometas del Lunes de Cuaresma. Todo el barrio participaba, menos los padres de la niña con discapacidad. También se organizaban comidas comunes a las que cada uno llevaba lo que podía. Lo más sabroso, en todo caso, era lo de la tía Jrisí, que cocinaba guisos constantinopolitanos. Luego leía el café. Mi padre la miraba. Tal vez le recordara a su hermana, su primera mujer.

Y también había gatos y perros que no eran de nadie y vagabundeaban callejeros como los huérfanos. Hambrientos, nerviosos, buscando continuamente algo de comer pasaban frente al café o el colmado. En todos lados se llevaban alguna patada e insultos, sobre todo los perros, cuyo líder encima cojeaba. Los gatos no tenían un jefe, eran más independientes y más solitarios, la libertad tiene su costo.

Las muchachas ayudaban en los quehaceres domésticos, mientras los muchachos hacían algún recado para el tendero, el panadero o el verdulero. Las muchachas jamás salían de noche. Esa prohibición no valía para los muchachos. Solíamos reunirnos en la marmolería, en la que por las noches no había nadie. Ahí, entre cruces y lápidas mortuorias, los mayores nos desvelaban los secretos del amor y sus conquistas personales que, por lo general, sólo existían en su imaginación. Aprendíamos nuevas palabras. Sobre todo los nombres de las diversas formas de hacer el amor sin que la muchacha perdiera su virginidad, algo que podría tener muy serias consecuencias. En términos generales lo que pasaba era que las muchachas, básicamente, no querían. No había más besos que los robados.

Poco a poco fui conociendo a otros niños de mi edad. Los mayores eran inaccesibles. Nos soltaban algún sopapo para divertirse y eso era todo. Mi primera pandilla fueron el Tigre, que era el portero de nuestro equipo y cuyo padre tenía, para aquella época, una profesión mítica: era conductor de camiones y con el tiempo se hizo propietario. Mi primo Antonis Diamantís, más conocido con el apodo de Baldaquín, por el corte de pelo que llevaba; vivía con su abuela y nunca nos enteramos de qué les había ocurrido a sus padres. Karakatsanis, que era quien mejor jugaba al fútbol, era el jefe de la pandilla. También estaba Kostakis, que era muy bajo, tanto que eso marcó su destino.

Mamá se vinculó al barrio sin ningún problema. Hizo amigas, tomaban el cafecito, leían la taza, reían y alguna vez lloraban. Mi padre, por el contrario, se quedó fuera. No era de ir al café ni a la taberna. Estaba continuamente en busca de trabajo, la úlcera del estómago lo torturaba, necesitaba ser operado, pero ¿de dónde saldría el dinero? Cuando, inculpado de comunista, lo echaron de la enseñanza pública en 1946, no pidió ninguna indemnización, como hicieron tantos otros. Era la segunda vez en su vida. La primera había sido en 1924, cuando se vio obligado a abandonar Constantinopla. En ese momento, por lo menos la acusación era correcta: era griego. Lo paradójico es que, mientras a los ojos de los turcos esas personas, todas, eran griegos, a los ojos de los griegos eran refugiados. Mi padre continuó siendo refugiado toda su vida, con el recuerdo del paraíso perdido en el mar Negro que le oprimía el corazón como un anillo pequeño en el dedo.

¿Cuánto puede aguantar un hombre? Tenía cincuenta y seis años, una esposa veinticuatro años más joven que él y tres hijos varones. ¿Cómo iba a salir adelante sin trabajo? Durante treinta y ocho años sirvió sin faltar un solo día a la escuela. Y trabajaría veinticuatro años más. Comenzó a dar clases de recuperación en una escuela privada; así, algún que otro dracma llegaba a la casa. Y si no, vivíamos de lo que enviaban los abuelos del pueblo. Aceite, almendras, higos, miel. La estación de autobuses se encontraba al lado de Omonia, la plaza de la Concordia que, según me enteré después, fue llamada así porque ahí, en 1862, por primera vez llegaron a un acuerdo los monárquicos con los no monárquicos y desterraron al rey. La recogida del paquete era responsabilidad de Stelios, y cuando estaba de buenas, me dejaba ir con él.

Me gustaban, aunque también me daban un poco de miedo, aquellas caminatas de un lado al otro de la ciudad, memorizaba los nombres de las calles hasta llegar a la agencia, que siempre estaba llena de gente, oía de nuevo el dialecto de mi pueblo, contestaba una vez más a la aciaga pregunta ¿de quién eres hijo?, rara vez alguien le enviaba saludos a nuestros padres. No éramos los únicos que vivíamos de la paquetería.

En las angostas callejuelas detrás de Omonia había burdeles. No sabía con certeza qué ocurría ahí dentro, pero mi corazón latía con tanta fuerza que parecía que se me fuera a salir del pecho y, al mirar las contraventanas cerradas sentía una extraña vergüenza. Hombres que entraban con la cabeza gacha y salían con la cabeza más gacha todavía. En una ocasión vi a una muchacha sentada con las piernas abiertas en el umbral de una casa. Tenía en las manos un plato con una chuleta grande, no del todo hecha, chorreaba sangre, y ella se la comía con las manos.

Sentí algo nuevo y desconocido. Me dolía el estómago, tuve ganas de vomitar pero no me atreví y tragué saliva. Mucho más tarde encontré la palabra que casaba: asco. Vergüenza y asco juntos, ese par de sentimientos que me acompañarían durante todos mis años de infancia, porque así nos educaron, en medio de las Simplégades del pecado y el castigo. Toda alegría era un pecado, y el más grande era el amor. Dios, nuestros padres, otros parientes, todos los adultos nos protegían con una entrega despiadada. Ya lo había vivido en el pueblo.

Cuando tenía cinco años, estaba jugando con una niñita y, con ramas y heno, armé una cama; nos sentamos ahí, uno al lado del otro, como golondrinas en un cable. ¿Hacíamos algo? Algo debíamos haber hecho, nada importante, pero nos vio un vecino, comenzó a gritar, nos cubrió de maldiciones. A la niña le pegó su padre. Yo hui al campo, era primavera, el jazmín y las lilas desprendían una fragancia extraordinaria. Desde entonces todos mis pecados huelen así.

El asco, por el contrario, llegó con la carne asada y fui un vegetariano empedernido durante semanas enteras, algo que no era difícil en aquellos tiempos. La gente se plantaba horas enteras en la carnicería para conseguir algo. Y encima no había dinero. Contaban cada dracma dos veces. Se escupían los dedos para contar los billetes con una expresión desconfiada en el rostro, como si no dieran crédito a sus ojos. Lo mismo hacía el carnicero. No obstante, jamás estaban seguros de que no hubiese habido engaño. Otro problema era el peso.

–Si no les das de más, piensan que les has dado de menos –se lamentaba el carnicero.

–Eso es lo que hace el analfabetismo –decía mi padre.

En los servicios públicos había empleados que por una pequeña tarifa llenaban las solicitudes. Afuera de los tribunales encontrabas abogados que hacían ese trabajo. Uno tenía incluso un letrero: «A dos huevos la página».

Mi padre era el responsable de las compras, tanto porque le gustaba como porque no podían engañarlo con las cuentas. Alguna vez me llevó con él al mercado. Compraba con esmero, minuciosamente, diría, utilizando todos sus sentidos: la vista, el tacto, el olfato, incluso el oído. Cada cosa la sopesaba en la mano, la toqueteaba, la olisqueaba, le daba golpecitos con el dedo pegado a la oreja para oírla. ¿Qué oía? Es algo que nunca entendí, pero siempre conseguía los melones y las sandías más maduros y eso le complacía.

La tía Jrisí lo alababa.

–Te casaste con un buen amo de casa, Antonía –le decía a mi madre y yo no me podía imaginar que existiera un mejor título.

Otro centro que tenía una importancia especial era el burdel de Gabriela, de la que no sabíamos nada preciso, sólo cotilleos, entre otros que era rusa, proveniente de la familia del general Orlov, que era filoheleno. Tenía distintas tarifas para los distintos servicios que prestaba, se decía incluso que era muy buena rasgando el pellejito del pene, si alguien tenía problemas. Gente entraba, gente salía y yo me moría de curiosidad de verla. ¿Cómo era? ¿Cuántos años tenía? A la primera oportunidad pasaba por delante de su casa, en las faldas del monte Licabeto, donde la diosa Atenea había vuelto negros a los cuervos blancos porque únicamente le anunciaban cosas malas. No la vi nunca, y con los años ese no haberla visto nunca se volvió un recuerdo más fuerte que si la hubiera visto.

Todo iba bien en mi nueva vida menos la escuela, en la que no lograba encontrar mi lugar en aquel rebaño de chicos y chicas que iba de los siete a los doce años. En los recreos nos lanzábamos a los retretes, separados por una madera llena de agujeros. Los más vivarachos los monopolizaban, mientras nosotros, los menos suertudos, esperábamos pacientemente a que nos dijeran qué veían. Ellos tenían la ventaja de la propiedad, sobre todo respecto a mí, que era un recién llegado. Aquéllas eran sus chicas, que a su vez me ignoraban completamente por mi ropa y mi dialecto. Me llamaban «el bobito» y me sentía absolutamente ridículo con mis pantalones cortos que mamá insistía en ponerme, mientras todos los demás llevaban ya pantalones largos. Además, eran velludos y ocurrentes, imposible competir. Mi abuela tenía un refrán: «Hurga con la lengua en el cerebro antes de abrir la boca», decía, y yo me acordaba. Pensaba lo que iba a decir, y esa demora resultaba nefasta.

En el pueblo las cosas eran distintas, a todos los conocía y todos me conocían, decía lo que se me ocurría, las palabras brotaban de mi boca repentina y rápidamente como golondrinas. Quizá en eso pensaba Homero cuando hablaba de «las palabras aladas». Entonces no lo entendía. Mucho más tarde, ya como emigrante en Suecia, me sucedió exactamente lo mismo. Lo obvio en la vida se perdió y ésa es una pérdida inenarrable. Lo obvio es indescriptible, por eso es obvio.

Había cosas más serias. En casa mamá lloraba con frecuencia. Por las noches oíamos a papá y mamá hablar en voz muy baja. Un día nos dijeron que mamá había vendido el terreno del pueblo, porque Yorgos, mi medio hermano que estaba haciendo el servicio militar, había enfermado. Nunca quedó claro qué enfermedad tenía.

La guerra civil en esencia había terminado. Los periódicos anunciaban día tras día y con letras mayúsculas las victorias del ejército y con letras todavía más grandes las derrotas de los traidores, es decir, de los de la izquierda. No había ni trazas de una actitud proclive para la reconciliación. Los vencidos no podían tener ninguna duda respecto a lo que les esperaba: la desaparición absoluta.

Pasó un tiempo. La derrota de la izquierda ya era un hecho. Yorgos se curó de la enfermedad, pero no volvió a casa. En el servicio miliar conoció a su futura esposa, una muchacha de Katajás, un pueblo cerca de Tesalónica.

Fuimos a su boda. En el tren me tenía que esconder debajo del asiento cada vez que pasaba el revisor, que en realidad sabía exactamente lo que ocurría, pero se apiadaba de nosotros. La novia tenía una piel que parecía de ámbar y grandes ojos castaño oscuro. Me enamoré de ella cuando me lavó los pies, según dicta la tradición.

Después de la boda seguimos nuestro viaje más al norte para visitar a la familia de mi padre, originaria del Ponto. Encontramos hermanos y primos, tíos y tías. No sentía demasiado interés por ellos, tenía mis propios problemas. En todos lados me picaban los piojos y las chinches, mamá se pasaba en vela la noche entera conmigo, frotándome con vinagre. Yo olía a encurtido.

En Kastoriá vi a un hombre golpear a una mujer. Era pasada la medianoche, no podía dormir, estaba de pie junto a la ventana rascándome; había luna llena y el lago resplandecía como la plata. Vi abajo, en la orilla, a una pareja. Era tal la calma que oí cuando el hombre le dijo: «Pero ¿por qué, mujer?». Y después se puso a golpearla con furia, le daba bofetones y patadas, y ella no gritaba, sólo suspiraba quedo, como un perrito, para no despertar a los vecinos. La vergüenza era más grande que el dolor.

¿Y yo? ¿Por qué no grité yo?

Aún me lo pregunto.

3

Me alegré de volver a la escuela después de los infortunios del verano.

Habían pasado ya dos años y no se había dado ningún cambio. Los otros niños no me habían aceptado, pero comenzaban a acostumbrarse a mí. Seguía estando solo y continuaba leyendo las biografías de santos que tenía mi abuela. Sobre todo me maravillaba Simeón el Estilita, que vivía encima de una columna para no caer en la tentación de la mujer. Yo no lo entendía. ¿Cuál era el peligro? ¿Qué perdía un hombre si abrazaba a una mujer? ¿Todas las mujeres eran tentación? ¿También mamá era tentación? Me preocupaba. Detrás de todo aquello se dejaba ver algo más, una fuerza oscura que condenaba a la mitad de la humanidad a la tentación y a la otra mitad al pecado. ¿Por qué creó el Señor un mundo que no le gustaba? No obstante, deseaba complacerlo y volverme santo.

Con todas las precauciones imaginables me entrenaba por las noches debajo del cobertor, que era el único lugar al resguardo de los guardianes siempre atentos. Padres e hijos dormíamos todos en la misma habitación.

Tenía como compañeras de clase a dos niñas muy bonitas, María y Meri, la segunda había llegado de provincias, como yo. Su familia era de Volos, la ciudad de Jasón, sus padres eran hermosos, con la piel oscura, ojos muy negros, erguidos como reyes. La hija lo había heredado todo. Le bastaron tres segundos para convertirse en la reina de la clase. Todos los niños la adoraban, y yo no era la excepción. Vivían cerca de la escuela en un piso grande. María, por el contrario, era rubia, de ojos azules, con unos dientes pequeñitos y muy blancos que resplandecían cuando reía, y reía muy a menudo. Meri y María se hicieron amigas íntimas, casi inseparables.

Ni en sueños me habría atrevido a acercarme a ellas con mis ridículos pantalones y mi dialecto del Peloponeso, y me bastaba la compañía de Kostakis para llorar juntos nuestra suerte. Él era bajo de estatura y todos lo miraban, mientras que yo era extranjero y nadie me veía. La diferencia radicaba en que mientras mi suerte podía cambiar, la suya no cambiaría nunca. Lo quería, era mi único amigo y el único que era todavía más pobre que yo, al punto de que lo pusieron a trabajar los domingos vendiendo velas y cirios afuera de la iglesia, la de San Eleuterio.

Con todo, había días en que la vida tenía sus momentos dulces. Cuando jugábamos a la pelota o cuando cazábamos gorriones con nuestros tirachinas en los pinochos que había detrás de la Escuela Militar Evelpidon o cuando nos encaramábamos en la morera a esperar que la señora Lela saliera con su cesto de ropa recién lavada.

Estaba terminando quinto año. Había cumplido los once. Había llegado el momento de demostrar quién era yo. Una tarde me acerqué dubitativo a Meri.

–¿Sabes qué puedo hacer? –le dije con voz temblorosa.

Me miró indiferente.

–No, no sé. ¿Qué puedes hacer?

Se habían reunido alrededor de nosotros niños y niñas, como siempre que se trataba de Meri.

–¡Mira!

Sin el menor titubeo me alcé la manga del brazo izquierdo hasta el codo, un poco teatralmente saqué una aguja que les enseñé a todos, y con un movimiento repentino me la clavé en el antebrazo haciéndola salir por el otro lado.

Me había entrenado durante todo el invierno debajo del cobertor. La santidad exigía aguantar el dolor, que te coman los leones en Roma y tú cantes. Esperaba que Meri cayera de rodillas a mis pies, pero lo que hizo fue volver la vista a otro lado.

—Ay, por favor, éste es tonto —dijo, y los demás se ahogaron de risa.

Pero la batalla no se había perdido del todo. Los chicos querían asegurarse de que de verdad me había hundido la aguja en el brazo, y cuando se convencieron, gané una cierta estima. Quizá fuera tonto, pero era capaz de soportar el dolor. Eso contaba.

En la jerarquía de la clase, las únicas que contaban eran las niñas. Los niños eran todos más o menos igual de bobos. Y eso fue decisivo en mi destino. Al maestro, siempre apacible y bondadoso, le encantaban las composiciones de tema libre. En aquella época, la principal preocupación de la escuela era que aprendiéramos griego.

La última semana del año escolar, en vez de darnos un tema, nos mandó a la calle para que nosotros lo encontráramos. Las niñas, riendo, salieron de dos en dos. Los niños, como las hienas, salieron de caza todos juntos, menos yo, que no formaba parte de esa manada. Y así, de pronto me encontré solo en el cerrito de nuestro barrio sin saber qué hacer, caminando sin rumbo hasta que de repente me topé con una pareja en el momento preciso en que el hombre intentaba meter su enrojecido pene en la mujer que, con un rostro distorsionado, abría las piernas. Respiré hondo y puse pies en polvorosa y no paré de correr hasta que vomité detrás de unos matorrales. Simultáneamente fui consciente de mi problema. ¿De qué iba a escribir?

De regreso en clase, mordisqueaba mi lápiz mientras los demás, sobre todo Meri, escribían con furor. Fue en ese momento cuando tuve mi primera idea literaria. Podría escribir de lo que había visto, escribiendo de otra cosa. Dicho y hecho… Sin ninguna dificultad escribí una pequeña historia sobre un combate entre dos ejércitos de hormigas. Todo cupo ahí dentro. El miedo, la repulsión, el deseo y ni una sola palabra sobre aquella pareja.

Ésa fue mi salvación. El maestro se entusiasmó y leyó mi redacción delante de todos. De «bobito» pasé a ser el rey, gracias al lenguaje. Lo recordaría. Años después me vería obligado a repetirlo. Las puertas se me abrieron. Incluso Meri comenzó a mirarme con indulgencia, permitiéndome idolatrarla en la distancia. Ella se volvió mi horizonte.

El verano llegó trayendo grandes tristezas. Primero, Meri se fue a Volos, y luego yo me vi obligado a ir a un campamento infantil en Aghios Andreas, en el que mi padre me había inscrito con mil y una dificultades. Un horror. Desde el primer día me empezaron a salir por todo el cuerpo unas ronchas que me escocían y me atormentaban. Entonces todavía no se sabía ni de alergias ni de estrés.

La segunda desgracia llegó cuando nos llevaron a darnos un baño. Eran pocos los que sabían nadar y se nos prohibió terminantemente que saliéramos a mar abierto. Pero ¿quién se iba a imaginar que en el fondo había grandes socavones? Caí en uno, fui presa del pánico, comencé a gritar como un cerdo al que degüellan, y los demás pensaban que estaba haciendo teatro, con lo poco profundo que estaba... Con toda seguridad me habría ahogado si finalmente uno de los adultos no me hubiese rescatado.

–Tú te ahogas hasta en una cuchara de agua –me dijo, y es algo que no he olvidado jamás. En eso consiste el enigma de la infancia. Nos acordamos de lo menos importante. Esas palabras marcaron mi vida, nunca aprendí a nadar con soltura y el mar nunca se volvió familiar para mí.

La vida en el campamento era intolerable. Juegos obligatorios todo el día, descanso obligatorio, izamiento obligatorio de la bandera y arriada también obligatoria, rezos obligatorios con mención a la familia real. Así, cuando al cabo de una semana llegaron mis padres a visitarme, les supliqué con lágrimas en los ojos que me sacaran de ahí. Mamá también derramó alguna lágrima. Todos nos miraban, sobre todo a mamá.

Una vez más nuestra pobreza nos humillaba. Sólo los hijos de padres paupérrimos iban a esos campamentos. Mis padres eran paupérrimos.

—Somos pobres pero tenemos nuestra dignidad —dijo mamá y me sacó de ahí.

No volví a ir a ningún campamento y mamá, por primera vez en su vida, decidió buscar un trabajo. No sabía ningún oficio, ni tampoco era una persona instruida. Había ido cuatro años a la escuela y era buena para las letras, tanto que fue a ella a quien su maestra encomendó la declamación del imprescindible poema patriótico el día de la fiesta nacional. Pero resultó fatal, porque eran tales sus nervios, que casi se orinó encima, según nos contaba riendo. En cuarto de primaria sus padres la sacaron de la escuela y la devolvieron al hogar para hacer de ella una buena ama de casa.

En pocas palabras, no le iba a ser fácil encontrar trabajo, pero sus nuevas amigas la invitaron a que fuera con ellas a una fábrica que hacía uniformes para el ejército. La primera mañana que mamá salió de casa para ir al trabajo fue un acontecimiento para la familia entera. A mi padre no lo hacía feliz que su joven y bella mujer se viera obligada a entrar en la jungla. No estaba equivocado. Mamá aguantó un día. Por la tarde llegó llorosa. No se volvió a hablar de trabajo. Nunca nos enteramos de lo que había ocurrido exactamente, pero ¿qué tan difícil era adivinarlo? Con los años eso se volvió parte de nuestra mitología: el día que mamá fue al trabajo.

El verano transcurría con dificultad. Pasábamos los días amodorrados bajo la sombra de la morera —alguna vez cazábamos gorriones con el tirachinas— pero básicamente esperábamos a que apareciera el camión cisterna echando agua y nos refrescara. Una de esas tardes llegó a mi vida algo nuevo. En una calle un poco más retirada había una casa de paredes blancas, grandes ventanas y un jardín en el que crecía una frondosa higuera con los mejores higos que conocía, esos que en el pueblo llamábamos «regios». Yo los veía madurar al sol hasta que no aguanté más, entré a escondidas para cortar algunos. Desde la casa llegaba música. No era del tipo habitual, cancioncitas de amor o *kalamatianós*. Un hombre joven y particularmente guapo estaba tocando el piano. Su cabeza se movía rítmicamente y las manos se levantaban y caían como gaviotas en un mar de abundantes peces. Me olvidé de los higos que resplandecían al sol como rubíes. La música, el calor, la belleza del hombre y sobre todo la serenidad en su rostro me procuraron una nueva experiencia que ni entonces tuve ni ahora tengo palabras para describir. Era como si estuviera viendo a alguien estrecharle la mano a Dios. ¿Cómo se describe eso?

A partir de esa tarde, cada día pasaba por la casa de las paredes blancas, escuchaba la música y miraba al pianista, mientras en mi cerebro se formaban nubecitas que quizá fueran pensamientos o quizá no. El tiempo transcurría, las cortinas ondeaban con la brisa, un sentimiento de alivio profundo se apoderaba de mí y volvía mi alma tersa como la piel que hay entre los dedos.

Por supuesto que me había visto, pero no le molestó, al contrario, comenzó a acostumbrarse a mí. De cuando en cuando miraba para asegurarse de que aún estaba yo en mi puesto y sonreía apresuradamente como si me guiñara un ojo. Yo, es obvio, tenía necesidad de él. Lo raro era que, al parecer, él también tenía necesidad de mí. Siempre terminaba su día con la misma pieza. Años más tarde intenté buscar aquella melodía sin conseguir hallarla nunca. Quizá la hubiera compuesto sólo para complacerme.

Una tarde no estaba en su sitio. Estuve esperando alrededor de dos horas para ver si aparecía. Se había ido, me enteré, a Salzburgo. La ciudad se vació más todavía. Me hacía falta su música, y más falta aún me hacía Meri, que había vuelto a Volos, aquella tierra frecuentada, según la mitología, por ninfas, centauros y sátiros. ¿Quién la conquistaría? ¿Volvería a verla alguna vez? ¿O la raptaría alguien con un ciclomotor y la ocultaría de por vida en alguna gruta secreta?

Le escribía a diario largas cartas que no le enviaba; sólo se las leía a Kostakis, a quien le gustaban.

—Así es exactamente —me decía.

Su amor por Meri era tan fuerte como el mío, y de pronto ya tenía yo dos amores de los que ocuparme, el suyo y el mío.

Por las tardes íbamos al teatro al aire libre que había en el Alsos, a divertirnos con las chanzas de Ikonomidis y sus coplas, una diversión inocente y gratuita. Otras veces pasaba por el barrio la carpa de Karagiozis, ese personaje de tradición turca que hacía que nos desternilláramos de risa cada vez que a alguien le caía una cachetada, y caían con mucha frecuencia. ¿Por qué nos daba risa? A nosotros también nos caían cachetadas. De cualquiera y en cualquier momento. Y sin embargo no sentíamos ninguna compasión. Al contrario, nos reíamos, porque... ¿qué otra cosa podíamos hacer? ¿Llorar? Esa solución era para las niñas, para nosotros no.

Y el tiempo pasaba.

El último año de la Primaria fue más o menos agradable. Ya tenía yo un lugar en la jerarquía y como Kostakis alababa a diestra y siniestra mis cartas de amor, comencé a aceptar encargos de los otros chicos para escribir sus cartas. No era fácil, porque casi todos estaban enamorados de mi Meri. En todo caso, desde el punto de vista del estilo, fue un ejercicio importante. Encima me pagaban con sellos o alguna canica grande, o con fotografías de actores.

Con el tiempo me había acercado más a Meri y a su amiga María. Así, fui invitado al cumpleaños de Meri que se festejaría en su casa. Un problemón. Ir a la fiesta con mis pantalones cortos era impensable. Mamá lo entendía, pero nuestra situación económica no nos permitía nada más.

La solución fue la primera mentira elaborada de mi vida. Claro que antes también había dicho mentiras, pero inocentes, más para salvarme que para engañar a otros. En esa ocasión, sin embargo, creé una realidad nueva, un traumatismo inexistente en la pierna que exigía voluminosos vendajes y no permitía el uso de pantalones normales. Además, me eximía de la necesidad de bailar; aborrecía el baile y, encima, no sabía.

Pasé toda la tarde con el tío de Meri que vigilaba las maniobras mientras hablaba del socialista francés Léon Blum. Le causé una impresión mucho mayor de la que había causado en su sobrina.

En casa no teníamos libros, salvo una pequeña enciclopedia en tres volúmenes, que había yo leído de principio a fin. Como mi sueño de convertirme en santo había naufragado en la risa de los otros, me reorienté hacia la idea de volverme sabio.

El último año estuvo acompañado de una cierta tristeza, porque sabíamos que nos dispersaríamos y que quizá no nos volveríamos a ver. La mayoría iría a escuelas técnicas y las escuelas secundarias no eran mixtas. Ya no habría niñas en la clase, niñas de largos cabellos y miradas esquivas, con senos pequeños que crecían día a día, con risitas misteriosas y susurros a tus espaldas. El sexo había empezado a despertar. Algunos ya se masturbaban. Yo también lo probé sin resultado, aunque se erguía cada vez más frecuentemente como un pajarito que quiere salir volando del nido.

Ese mismo año papá fue destinado a una escuela nocturna para mecánicos de automóviles. Por fin podíamos mudarnos de la casa de la tía Jrisí, tras cuatro años. La nueva morada –una habitación y media– estaba en el mismo barrio, un poco más arriba en el monte y más cerca de los pinochos de la Escuela Evelpidon. Aprendí una nueva palabra. Semisótano. Porque tenía las ventanas al nivel del suelo. Por fortuna en eso tuvimos suerte. Nuestras ventanas daban al patio interno. Mamá debió haberse imaginado algo distinto, porque rompió a llorar.

–¿Dónde voy a guisar? –dijo como si hablara consigo misma.

La consolé.

–Saldremos adelante, mamá.

Se secó las lágrimas.

–Ay, mi consuelo eres tú –dijo y me acarició el pelo.

Ese día dejé de ser un niño.

4

El Quinto Colegio Masculino era un colegio conocido. El año en que yo comenzaba, salía mi hermano y yo había oído un montón de historias sobre maestros medio locos y alumnos locos del todo, como aquella del que lanzó una granada de mano en el patio. En pocas palabras, sabía lo que me esperaba.

El colegio también era conocido con el nombre poco halagüeño de Serrallo. Era una vieja mansión de paredes blanco grisáceas y ventanas grises que no había envejecido con gracia. En las aulas el yeso se desconchaba, por las ventanas se colaba el aire, no había calefacción. En el patio apenas cabíamos, los baños eran indescriptibles y el hedor nos asfixiaba.

Pero también nosotros olíamos a chivo. La mayoría no teníamos baño en casa, ni agua caliente. Manos, pies y un poco de agua para la cara. Eso era todo. En Primaria el maestro nos revisaba todos los días las uñas y las orejas. También en el colegio los maestros resaltaban la importancia de la higiene personal, aunque tampoco ellos olieran a agua de rosas.

Desde el primer día el director del colegio dio la orden. «Grasa en la cabeza, escupitajos con destreza y chicles en las orejas, se dejan», dijo. La verdad es que nos untábamos mucha brillantina en el pelo, se había puesto de moda lanzar escupitajos al sesgo y reiteradamente por entre los dientes como las cobras y, por pobreza, nos pegábamos los chicles masticados detrás de las orejas para poder volverlos a usar. «Tijera para todo eso», añadió, y nos enseñó unas tijeras que llevaba con él. Si alguien no obedecía, le cortaba una cruz en el cráneo. Lo mismo sufrieron las mujeres que se habían ido con alemanes; algunas veces incluso les cortaban la cabeza.

El director del instituto, con su cabello corto y gris, sus gestos tajantes y su voz aguda era el terror de todos nosotros y no podíamos entender cómo lo aguantaba su esposa que, según los rumores, era bellísima y mucho más joven que él. Le habíamos puesto de apodo «Caronte» y la peor amenaza de los maestros era enviarnos a su oficina. «¡No me salgas con tonterías, porque te mando con el director!», nos decían, y con eso bastaba. No obstante, era un maestro de historia extraordinario, con amplios conocimientos y gran pasión. En un examen no me acordaba de las fechas exactas de algún hecho e intenté salir del atolladero escribiendo un montón de pormenores que no tenían relación directa con el tema. Una semana más tarde nos devolvió los exámenes. Me había puesto un cero. Y abajo había escrito: «Cuando no sabemos algo con exactitud, no tiene sentido querer ser exactos».

Fue una lección para la vida, y para la escritura.

En general, el instituto no era un problema para mí, primero porque estudiaba, ya que no quería avergonzar a mi padre que también era maestro –tenía otras cosas en las que pensar y de las que ocuparse–, pero sobre todo porque las nuevas asignaturas me encantaban, tenía una sensación de agradable expectativa, como con Karagiozis antes de que empezara la función. Con el griego clásico, la historia y el latín se me hacía la boca agua, sin que supiera yo por qué. Pero sobre todo adoraba la Gramática, que no únicamente organizaba la lengua, organizaba también el tiempo. El tiempo que es, era, fue, será, ha sido y habría sido. Un esquema simple y elegante y, por encima de todo, el tiempo que siempre ha sido y siempre es, en pocas palabras el presente histórico que era como ver el río de la vida desde algún lugar en las alturas. Me hacía feliz extraviarme en la sintaxis, y los textos antiguos eran precisos y parcos. Lo veíamos todos los días cuando los traducíamos al griego moderno. Cada frase se hinchaba como una masa.

Todo lo contrario de la lengua que me rodeaba, la de los periódicos y los libros escolares, una lengua bastarda, vacía, falsa como un disfraz de carnaval. Por suerte tenía a Kostakis que sentía como yo y estaba enamorado de algunas palabras. Las decía y las volvía a decir hasta que ya no significaban nada, pero a la milésima vez renacían como estrellas en la galaxia de la lengua.

Era un milagro, por desgracia el único, y no precisamente aquel que Kostakis más necesitaba. En el colegio, había florecido tanto su insólito talento para las matemáticas y la física que hasta los maestros le tenían miedo. Además, tocaba la guitarra y dibujaba espléndidamente. Todos hablaban de él y algunos cuchicheaban. Pero ninguno de sus talentos encubría el hecho de que cada vez era más bajo, porque todos los demás se estiraban. Y eso le causaba amargura, comenzó a hablar de sí mismo en tercera persona, a burlarse de sí mismo para adelantarse a los comentarios irónicos de los otros. Obligado a partirse en dos, desde el principio estuvo condenado a convivir con la tristeza. Todo lo lastimaba. De manera inadvertida se fue apartando cada vez más. A su alrededor se alzó un muro que él intentaba derribar con la cabeza, como el macho cabrío, unas veces en absoluto silencio y otras riendo como un loco.

Con todo, algunas veces era inmensamente feliz, de una forma pasmada, casi desesperada, por ejemplo cuando jugábamos a la pelota. Sus regates eran impresionantes y todavía más sus chutes con efecto y sus pases inteligentes, tan inteligentes que sus compañeros de equipo no se daban cuenta y protestaban. En un equipo, lo mejor es ser tan tonto como los demás.

Ya desde entonces tenía yo mala conciencia por no haberlo apoyado cuanto necesitaba. Y con el tiempo aquello empeoraría. Después del colegio nuestros caminos se separaron, nos veíamos de tanto en tanto y siempre había una gran calidez entre nosotros, pero no la suficiente como para que buscáramos encontrarnos de nuevo. Nos perdimos de vista cuando me fui a Suecia, pero un día, al principio de la dictadura, apareció en Estocolmo, cansado, pálido, delgado y con fiebre. Se quedó en mi casa un tiempo, con la esperanza de comenzar una nueva vida en Suecia. Podría haber hecho más de lo que hice para ayudarlo, pero estaba convencido de que él no sería capaz de vivir en el exilio. Amaba su lengua, su música y su ciudad de una forma que antes yo no había sentido en él. Llevaba Grecia dentro, yo la llevaba encima. Y así, le aconsejé que volviera, y lo hizo. Pasaron años y nos volvimos a encontrar. Tenía una amargura más grande todavía y estaba aún más solo, y bebía. Finalmente, por otro amigo me enteré de que lo habían encontrado muerto en su pequeño apartamento, al que yo nunca fui.

Así se desenvolverían las cosas, pero por ahora íbamos al Quinto Colegio Masculino y nos preparábamos para enfrentar la vida.

Los maestros hacían cuanto podían, pero los tiempos eran difíciles. Mi primer maestro de griego clásico y griego moderno había perdido a su único hijo en la guerra civil, que unos llamaban insurrección y otros, bandidaje. Comoquiera que fuese, su hijo se había ido para siempre y aquel hombre viejo y corpulento llegaba al instituto cada mañana con los ojos rojos por el llanto y empañados por el vino; la ropa le colgaba, las manos le temblaban y de pronto a mitad de la clase su mirada se perdía, las lágrimas se derramaban lentas por sus mejillas mal rasuradas y no podía articular palabra. Esperábamos inmóviles y en silencio. Al cabo de poco se recuperaba, se enjugaba las lágrimas, nos miraba avergonzado y decía con la voz más dulce del mundo:

–Disculpadme, chicos.

En esa misma época leíamos el mito de Orfeo que había descendido a los Infiernos para devolver a la vida a su amada Eurídice. Nuestro maestro hacía ese mismo viaje a diario, volviendo siempre con las manos vacías.

Uno de los maestros de historia acababa de regresar de su destierro en Makrónisos. Esperábamos una ruina, y en cambio llegaba a clase lleno de entusiasmo y buen humor, bromeaba y nos deleitaba con sus conocimientos, había hecho un doctorado en Atenas y otro en París y no tardó en ganarse nuestros corazones, sobre todo cuando jugaba a la pelota con nosotros con más ganas que destreza.

Debía tener alrededor de cuarenta y cinco años; por lo que sabíamos, no había una mujer en su vida, su única compañía eran los libros. Adorábamos sus clases y hasta los más holgazanes y los más indiferentes se despertaban cuando estaba en vena, con sus gestos poco elegantes y su voz ligeramente ronca. Le caía yo bien y me encargaba pequeños deberes, por ejemplo, que leyera las correcciones a algo que estaba escribiendo, porque yo tenía una memoria casi insensata, bastaba que una vez viera una palabra para que no la olvidara más.

La ortografía se consideraba entonces una prueba de inteligencia –otro error de la época– y como consecuencia, aquellos que cometían faltas de ortografía eran estúpidos. Todavía no habíamos oído hablar de la dislexia. «Ni su nombre sabe escribir bien», decíamos con desprecio del pobre individuo.

Nunca tuve ese problema. Lo recordaba todo. Por fortuna, con los años comencé a acordarme cada vez de menos cosas, pero en el instituto era una gran ventaja. Así me gané la simpatía de mi maestro.

Un día me invitó a su casa. No podía negarme, pero no me alegré. Como vivía solo, circulaban ciertos cotilleos infundados. Y así, fui con todos los botones bien abrochados. Vivía en un semisótano como el nuestro, con la diferencia de que nosotros teníamos a mamá, que de mil y una maneras lo embellecía: dos flores en un vaso de agua, un racimo de uvas en un plato o unas pequeñas y blanquísimas cortinas que le daban luz. El semisótano de mamá parecía estar un piso más alto, en cambio el del maestro se volvía más sótano todavía. Ningún color por ningún lado. Sólo libros, dos sillas sencillas, y un escritorio que ni siquiera se veía, de tan cargado como estaba de revistas y libros.

–¿Con qué motivo crees que te he invitado a venir? –me preguntó, y ese comienzo no me gustó, así que no respondí. Se levantó de su silla y dio unos cuantos pasos hacia mí. El corazón me latía con tanta fuerza que parecía querer salírseme del pecho, pero él se me adelantó, abrió un cajón, sacó un libro y me lo dio.

Era su tesis de doctorado sobre los Caballeros de Rodas con una dedicatoria: «Para mi mejor alumno». Después me hizo jurarle que estudiaría historia y filosofía, pasara lo que pasara. Luego me envió a casa, porque tenía que trabajar. No me atreví a enseñarle a nadie el regalo que había recibido, porque sólo había una interpretación: que me deseaba –no tenía mujer. Yo sabía que eso no era verdad, pero no bastaba.

Por el miedo de que no me creyeran, no dije nunca nada, y así pasé a la segunda fase de la mentira. La ocultación, que se convirtió en una de las mentiras más frecuentes en los libros que escribiría en el futuro.

Crecíamos con el miedo a la homosexualidad, pero al mismo tiempo las escuelas no mixtas la favorecían. A menudo circulaban rumores sobre chicos a los que habían pescado in fraganti, aunque nunca estaba claro quién los había visto, dónde y cuándo, y lo más importante de todo, quién lo daba y quién lo recibía. Para nosotros sólo el segundo era homosexual y digno de recriminación, aquel que hacía de mujer.

Nosotros teníamos terror de la homosexualidad y los homosexuales tenían terror de todos los demás. Los veíamos reunidos por las tardes en la parte más oscura del parque. Iban y venían fumando, en espera de que apareciera algún jovencito. Algunos estaban dispuestos incluso a pagar.

En la parte alta del barrio vivía un hombre de mediana edad, que jamás salía de su casa antes de que hubiera oscurecido. Pero por la noche salía siempre muy arreglado, muy bien rasurado, muy bien peinado y se dirigía al parque con pasos cortos, dejando a su paso la fragancia de su colonia. Un día desapareció sin que se supiera por qué. Lo encontraron pocos días después en un malecón del Pireo con treinta cuchilladas. «Asesinato brutal», escribieron los periódicos.

Los muchachos jóvenes teníamos otro enemigo, mucho más peligroso. Los pederastas. Era una vieja tradición. El primer maestro había sido Zeus.

Cuando hacíamos novillos, solíamos ir al Rosiclaire en el que se proyectaban todo tipo de películas, desde Charlot hasta comedias un poco atrevidas. En las escenas de amor, siempre gritábamos: «¡Echa más miel, viejo rancio!».

Teníamos la impresión de que el proyeccionista decidía qué veíamos y qué no. Si alguna actriz cruzaba las piernas, nosotros nos agachábamos con la esperanza de ver más. Ahí, en el Rosiclaire, nos esperaban los bigotudos.

Tenía yo catorce años, la mejor edad para un muchacho, un poco antes de que comience a salirle el bigote, como dice Sócrates, y tenía un admirador. Era alto, con tres dientes de oro, y había aprendido a sonreír así, para que sólo se le vieran ésos. En la penumbra del cine sentí de pronto una manaza entre las piernas y oí que susurraba: «Tú a mí no te me escapas, chiquillo».

Era como si hubiese oído mi sentencia. Pero me escapé y no dije nada, como tampoco había dicho nada de la visita a mi querido maestro. Aprendí pronto a guardar mis secretos, no quería hacer de mi alma un periódico.

Muchos años más tarde, cuando ya vivía en Suecia, recibí una carta. Era de mi maestro, que una vez más necesitaba que le hiciera un favor. Que encontrara en los Archivos del Estado Sueco qué suecos filohelenos habían participado en la revolución de 1821.

Un amable empleado me ayudó y los encontré. Todos habían sido jóvenes de grandes familias. Leí los textos con mucho esfuerzo porque estaban escritos en una mezcla de sueco, francés y alemán. Hice copias, las traduje y se las envié. Unos días más tarde recibí otra carta suya, en la que me daba las gracias y me invitaba a visitarlo cuando fuera a Atenas.

Lo hice. Era invierno. Vivía en un apartamento pequeño cerca del Colegio, pero ya no daba clases. Había envejecido sin haber cambiado, más bien al contrario, se había vuelto más él. Los mismos ojos sonrientes y la misma sonrisa infantil que yo recordaba.

En su habitación hacía un frío terrible. Él llevaba puesto el abrigo y unos guantes con los dedos cortados, como los de los ciclistas, para poder escribir. Ningún mueble. Sólo su escritorio cargado de libros y en el suelo fardos de papel de periódico. Tres grandes fardos. Vio mi extrañeza y sonrió.

—No volverá a faltarme el papel —dijo, y añadió que durante su destierro, lo peor no habían sido las palizas, las torturas, la falta de sueño o el miedo a la muerte. De todo, lo que más había echado en falta había sido el papel. El no tener donde escribir.

Ésa fue su última lección. Salí con lágrimas en los ojos y juré que jamás escribiría nada que no fuera una cuestión de vida o muerte, nada que no brotara de mis entrañas y fuera producto de una dedicación sin límites. Era un compromiso ambicioso y, aun si fracasaba, habría valido la pena.

La Epifanía se celebraba una vez al año, pero en el Quinto Colegio Masculino se celebraba todos los días. Algo nuevo aprendíamos. Entre otras cosas, a Homero, al que comenzamos a leer en tercer curso sin entender más que las pocas palabras que tras tres mil años han permanecido casi iguales, como padre y madre, hermano y amigo, tierra y cielo, guerra y paz. Aparecían de repente y les dábamos la bienvenida, como los náufragos a un islote pequeño en una noche oscura y tempestuosa. Pese a los entusiastas comentarios del maestro, se nos escapaba la grandeza del texto hasta que un día nos visitó un rapsoda profesional.

Para gran alegría de Kostakis era un vejete de muy baja estatura, rellenito, con una cabeza calva, pero con largos pelos blancos en las sienes y en la nuca que parecían espuma alrededor de su redonda cara. Por supuesto lo veíamos como a un creído, y más todavía porque antes de empezar nos estuvo mirando como si quisiera hipnotizarnos con sus pequeños ojitos azules.

Pero luego empezó. Con una voz bella, melódica y llena de matices declamó fragmentos de la *Ilíada* y de la *Odisea*, tal como se imaginaba que lo había hecho el propio poeta. El texto no fue más comprensible, pero el ritmo nos arrastró. La todopoderosa lengua volaba por encima de nuestras cabezas como un águila, podíamos oír sus alas. Más de ochenta muchachos con una erección permanente, confundidos y débiles, engreídos y apocados, vulnerables y aterrados, navegábamos con él en el mar desconocido de las palabras del griego antiguo, sudábamos como él y cuando terminó, completamente extenuado, nosotros estábamos tan agotados como él. Lo que nos diferenciaba era que mientras él hablaba, nosotros guardábamos silencio, y que aquello era la gran elección: unos hablan y otros escuchan.

Un detalle determinaba, de cierto modo, nuestro entusiasmo. El gran rapsoda lanzaba chaparrones de saliva sobre los que estábamos sentados delante.

–Seguro pillaremos la sífilis –dijo Kostakis, limpiándose la cara.

La sexualidad y las enfermedades relacionadas con ella eran cosas desconocidas. Oíamos algunas palabras que se decían en voz apenas audible: gonorrea, sífilis, condilomas, pero no teníamos idea de lo que significaban. Nos abrieron los ojos de golpe. En el hospital Singrú había una sala con monigotes de cera que presentaban todas las enfermedades venéreas conocidas. Allí nos llevaron un día, vigilados por dos maestros, que seguramente también sufrían, porque el espectáculo que daba cada muñeco era todo menos tranquilizador. Órganos sexuales masculinos y femeninos deformados por la sífilis y los condilomas suscitaban tanto miedo, que la mayoría juramos que jamás estaríamos con una mujer. Y ése era el objetivo.

–¡Estamos jodidos! –dijo Kostakis y cambió su cosmovisión. Hasta ese momento era la única persona que hablaba de la antimateria y el agujero negro–. Ahora sé qué es el agujero negro –dijo.

En pocos meses ya habíamos olvidado el miedo a las enfermedades, pero el miedo a la mujer prevalecía. Aprendimos a ver a las mujeres como enemigos, a despreciarlas, a restarles importancia, aunque al mismo tiempo las deseáramos cada vez más, intentáramos conquistarlas y valoráramos sus atributos como si fueran sandías o melones: tenía o no tenía carnes la chica, como decíamos entonces.

Me daría una gran satisfacción poder decir que entendíamos de qué se trataba. La verdad es que no entendíamos nada. Estábamos hipnotizados por la iglesia, la literatura, las escuelas. Admirábamos a escritores que no tenían nada bueno que decir de las mujeres. Incluso las chicas aprendieron a admirarlos. Únicamente la mujer-madre se salvaba del odio. Pero eso no era más que una coartada. Como amamos a nuestra madre, no podemos odiar a las mujeres, pero ninguna mujer era como nuestra madre.

Los muros se elevaban a nuestro alrededor, tal como decía Kavafis. No oíamos a los albañiles, ni veíamos las murallas. Nos volvimos misóginos, adoptamos el lenguaje masculino del desprecio y la soberbia frente al sexo opuesto. Todos nos volvimos poco más o menos violadores. Y la mayoría seguimos siéndolo toda la vida.

¿Por qué digo «nosotros» y no «yo»? ¿Quiero ocultarme tras la responsabilidad colectiva o quiero representarla?

Ni lo uno ni lo otro. Escribo «nosotros» porque todavía no tenía «yo». Mis amigos y mis compañeros de clase eran parte de mí mismo. Crecíamos juntos, leíamos juntos, cazábamos gorriones juntos, hacíamos novillos juntos, nos masturbábamos en grupo, en grupo valorábamos a las chicas con las que nos veíamos y los libros que leíamos. Un momento por la mañana a la hora de despertar y un momento por la noche antes de dormir estaba yo solo. El día entero era «nosotros». Pero llegó la hora que haría de mí «yo».

Cerca de la plaza Gizi vivían tres hermanas: Ismene, Elpida y Eleftería. La mayor tenía dieciocho años y la menor, trece. Ya avanzada la tarde salían al balcón, unas veces una, otras veces otra, para regar las plantas que había en las macetas y el lugar desprendía un olor delicioso. Eran muy bellas las tres, a cual más bonita. Menudas y delgaditas, con el cabello y los ojos muy negros, la piel morena, y cuando reían, a las tres se les dibujaban hoyuelos en las mejillas. Su padre leía el periódico en pijama después de la siesta del mediodía. Su madre entraba y salía para vigilar la situación, y en realidad hacía falta, porque abajo, frente al balcón se juntaban un montón de muchachos que querían entrar en contacto con sus hijas.

No tenía sentido que participara yo en esa competición. Mi corazón todavía se inclinaba por Meri, la de la Primaria, aunque ya no la viera. Iba, como su amiga María, al Quinto Colegio Femenino y además corría el rumor de que andaba con un chico que tenía una motocicleta. Así que, en ese frente, no había esperanza. Era yo libre de amar a quien quisiera, pero lo más práctico sería encontrar a alguna muchacha que a su vez quisiera amarme, y no veía qué razón podrían tener las tres bellas hermanas o alguna de ellas para interesarse en un chico de catorce años sin pelo en el pecho ni en las piernas, y peor aún, sin ciclomotor. Pero ¿cuándo ha triunfado la lógica frente al anhelo?

La que más me interesaba era la más inabordable, Ismene, que tenía dieciocho años, y cuando me veía, su mirada se resbalaba por encima de mí como si yo no existiera. Mi capacidad para un amor sin esperanza era ilimitada, la había desarrollado ya en la época de Meri.

En la enciclopedia *Helios*, que llegaba en fascículos, leí que Ismene era la hermana de Antígona, es decir, hija de Edipo, y que la habían matado en un encuentro con un amante secreto. En pocas palabras, un final común y corriente, del que yo verdaderamente esperaba que mi Ismene se librase.

Nuestra vida se había vuelto tolerable. Mi padre enseñaba en dos escuelas y ganaba para lo estrictamente necesario.

Llegaba a mediodía a casa con un periódico bajo el brazo, ágil, con pasos saltarines, pese a sus más de sesenta años. Nosotros teníamos el ritual contrario al de la mayoría de las casas. En casi todos los hogares al hombre se le servía primero. En el nuestro se le servía el último. Nunca vi a mi padre servirse comida por segunda vez, pero tampoco dejaba nada en el plato. Bebía un vaso de vino tinto. Uno. Jamás me preguntó cómo me iba en la escuela. Sus expectativas eran grandes, pero no me cargaba con ellas. En una ocasión le pregunté cuán bueno tenía que ser en la escuela para ser bueno.

—Quien no está entre los tres mejores es un holgazán —me respondió sin levantar los ojos del periódico.

Algunas veces jugábamos a las cartas. Por lo general perdía y se quejaba con mamá:

—Antonía, ¡estos condenados me han vuelto a desplumar en las cartas! —decía con el acento cerrado del Ponto.

La verdad es que teníamos la impresión de que eso era precisamente lo que quería, que fuéramos mejores que él en todo.

La tía Jrisí —otra tía Jrisí— le confeccionó un vestido nuevo a mamá y cuando iba al mercado los hombres se giraban para verla y yo me ponía hecho una furia de celos, porque encima aún llevaba pantalones cortos. Cuando yo refunfuñaba, ella me consolaba:

—El hábito no hace al monje.

—Quizá, pero yo no he visto pope sin sotana.

—Tú no has visto, pero otros sí —reía.

«Mis hombres», decía mamá, cuando se refería a papá y a nosotros, y se le llenaba la boca, como si estuviera comiendo *lukumás*.

Stelios se había enamorado de una belleza indómita y estaba con ella de la mañana a la noche. Mamá le dejaba siempre una ensalada de tomate en la mesa para cuando finalmente llegara a casa. Una noche me despertó, señaló en dirección a su miembro y me dijo: «¡Si supieras lo que hizo éste esta noche!».

Ya me lo podía imaginar. Me había iniciado una chica mayor que yo, que trabajaba como sirvienta de la familia que vivía en el piso de arriba del nuestro. Sólo ocurrió una vez. Era verano, hacía calor y subí a la terraza para lavarme en el lavadero. La chica estaba ahí, desnuda como un pez. Mis ojos se le pegaron encima, quise irme pero no podía y estaba a punto de romper a llorar de vergüenza, cuando me acercó a ella y me desnudó. Yo temblaba, pero no mi sexo, que se había erguido como el brazo de un alumno. Todo ocurrió inimaginablemente rápido. No le dio tiempo ni de meterlo. Era la primera vez y no nos alargaremos al respecto. Para todos hay una primera vez. Volví a menudo a la terraza con la esperanza de encontrarla de nuevo. Nunca la volví a encontrar.

Stelios había comenzado sus estudios en la Academia de Pedagogía, aunque su pasión era la música. Entre los libros que debía leer había un pequeño volumen de tapa verde: *Crítica de la razón práctica*. El escritor era un filósofo alemán, Immanuel Kant. «No entiendo nada», refunfuñaba mi hermano. Por curiosidad comencé a leerlo. Yo tampoco entendía nada, pero me gustaba el título. Qué aplomo se necesita tener, no sólo para saber cuál es la razón práctica, sino para encima hacerle una crítica.

A mi alrededor reinaba la locura, incluida la mía, porque no podía sacarme a Ismene de la cabeza.

En aquellos años no era frecuente que cada uno tuviera su bicicleta. Las alquilábamos por horas, y era la felicidad de los domingos. Kostakis y yo alquilábamos una entre los dos y aprendimos a hacer distintas acrobacias. Montar la bicicleta sentados al revés en el sillín o uno en los hombros del otro y otras cosas por el estilo. Y todo aquello siempre abajo del balcón de las tres hermanas.

Ismene nos ignoraba, pero su hermana menor, Eleftería, estaba impresionada. Una tarde bajó corriendo y nos pidió que la enseñáramos a montar en bicicleta. Kostakis era un hombre de principios. Siguió siempre enamorado de Meri. A mí me parecía que aquéllas eran limitaciones mezquinas. Uno toma lo que la vida le ofrece. Con cierto recelo por lo precario de mi economía, pero acepté darle las clases. Entonces comencé, cada vez más frecuentemente, a hacer las compras para mamá y siempre me quedaba con algo del cambio. Sabía que mamá nunca lo revisaba, era cuestión de dignidad. Además, había problemas más serios. En pocos días llegaría el abuelo de la aldea para una operación de próstata. Mamá adoraba a su padre, aunque lo llamara «tarambana». Las mujeres en mi familia, ya desde mi bisabuela, veían a sus padres, hermanos o cónyuges con una superioridad indulgente y con una indiferencia generosa, como si fueran niños pequeños.

La mortalidad por cáncer rozaba entonces el cien por ciento. La gente evitaba decir la palabra cáncer. Decían «el innombrable» o «el maligno». Mamá estaba muy triste. El abuelo venía en autobús y fui a recogerlo. En esa ocasión sería yo quien le mostrara el camino. Había adelgazado y era raro porque lo veía sin verlo. Frente a mí había un hombre envejecido y cansado, pero yo veía a mi abuelo como había sido antes –rollizo y fuerte, y con ojos luminosos. Me miró extrañado cuando le di la bienvenida.

–¿Tú quién eres, hijito? Ya no veo muy bien –dijo.

–Abuelo, soy yo, Theodorakis, tu nieto.

Habían pasado seis años, el abuelo había envejecido y yo había crecido. Lágrimas de anciano llenaron sus ojos.

–No he reconocido mi sangre ni mi carne –dijo.

El abuelo no llegó con las manos vacías. Había traído consigo aceite, higos secos, almendras, aceitunas y una gallina gorda en una cesta. Nos dividimos las cosas y nos encaminamos a casa por las calles de siempre, las mismas que la última vez, porque el abuelo quería volver a verlas. Cada dos por tres nos deteníamos en algún café.

–Siento ganas de orinar como los perros –me explicaba.

Pero no le era fácil.

–¿Hiciste algo? –le preguntaba.

–Nada de nada. Un agujero en el agua –me respondía.

No podíamos no pasar por el café de don Jimmy, y los antes emigrantes en América se abrazaron calurosamente. Don Jimmy invitó al abuelo a un *ouzo* y a mí a un submarino, es decir a una cucharada de almáciga hundida en un vaso de agua.

Con la ironía de la vida, la enfermedad del abuelo tenía sus cosas buenas. Entre otras, solucionó mi problema económico, porque lo primero que hizo fue darme cien dracmas, que alcanzaron para varias horas de bicicleta. Además, sobrevivió a la operación, y yo recibí o di –no se sabe con seguridad– mi primer beso, del que no tengo mucho que decir, aparte de que todos han hecho o padecido lo mismo. Ésa fue mi recompensa la primera vez que Eleftería pudo montar sola en la bici, aunque por alguna razón hubiera gritado todo el tiempo. Sus labios estaban frescos, sobre su cuello y su frente brillaban gotas de sudor, su respiración era ligera y agitada, me hacía cosquillas y no podía respirar, porque mi nariz estaba atestada de pólipos. Por la tarde, en casa, me paré delante del espejo para convencerme de que de verdad era a mí a quien había besado.

Ese beso fue el primer paso en el largo viaje que me convertiría en un hombre y un individuo con un lugar propio en el espacio y en el tiempo. El beso de la princesa no convirtió al sapo en príncipe, pero abrió el camino para que yo pudiese encontrarme.

No resulta inverosímil que hubiera leído a propósito de todo aquello en algún libro, porque leía yo mucho y de todo: periódicos, revistas, la enciclopedia, Los Clásicos Ilustrados, Tarzán, Dumas, Walter Scott, Julio Verne, el Zorro, novelas sentimentales en la revista *Tesoro*. Ninguno de esos libros me hizo mella, los recuerdo más como objetos que como contenido, con excepción de una frase de Kant en la *Crítica de la razón práctica* que continué leyendo sin entender nada hasta una frase que sí entendí y no la olvidé jamás. «Dos cosas colman el ánimo con una admiración y una veneración siempre renovadas y crecientes: el cielo estrellado sobre mí, y la ley moral dentro de mí». No sabía qué significaba exactamente, pero algo despertaba en mí: la esperanza de que mi vida era más grande de lo que yo veía.

No duró mucho, al poco tiempo volví a lo de costumbre, sobre todo a *Helios*, que ya había llegado hasta la letra M, a la mitad del alfabeto, a la mitad del mundo. A Eleftería le impresionaban mis conocimientos, pero le gustaba corroborarlos. «¿Qué ciudad estaba considerada el París de Oriente? ¿Cómo se llamaba aquel que convertía en oro todo lo que tocaba? ¿De qué pie cojeaba Hefesto?» Por lo general podía responder a todo, menos a la pregunta sobre Hefesto, de la que aún ignoro la respuesta correcta, y mi recompensa solía ser una caricia fugaz en el cabello, la única zona neutra que había en mi cuerpo porque el resto era todo un campo de minas.

Si a ella le impresionaban mis conocimientos enciclopédicos, yo la admiraba por su audacia, era menor que yo y, sin embargo, era mucho más independiente, confiaba en su mente y en sus decisiones. Tenía el valor de pasear de la mano conmigo, sin que le importaran las abuelas que se persignaban como si estuviesen viendo al diablo frente a ellas. Cada día que pasaba, mi amor crecía, me olvidé de su hermana, me olvidé de Meri. Era feliz, y los felices a menudo no tienen buena memoria.

Nos encontrábamos por las tardes en el cerrito, nos sentábamos en un banco, hablábamos en espera de que el sol se ocultase detrás de la Acrópolis y cuando oscurecía, nos deslizábamos detrás de los arbustos, aterrados de que nos fueran a ver, o peor aún, de que nos descubriera algún ogro. Así se llamaban los mirones, que molestaban, alguna vez incluso mataban a las parejitas. Los periódicos escribían cotidianamente de ellos, pero el deseo era más fuerte que el miedo. Nunca nos pasó nada terrible salvo que una tarde extendí mi chaqueta encima de una caca que no habíamos visto. De regreso, Eleftería iba de mi mano con una mano y con la otra se tapaba la nariz.

Mamá no se enfadó, sólo dijo: «Pero ¿qué habrá comido ese hombre?». Y lavó la chaqueta diez veces antes de que el hedor se fuera. Si es que se fue. Aún lo recuerdo. Como también recuerdo nuestro primer Año Nuevo. Hacía un bello día invernal. Nos encontramos en el cerrito y Eleftería estaba muy linda con su abrigo rojo, sus ojos relucientes y yo no podía creer que fuera mía.

Le había comprado un regalo, un libro de poemas de Kostas Uranís, a plazos, con el librero ambulante, un joven de pelo negro y ensortijado y bella sonrisa. Mamá me ayudó a envolverlo. La dedicatoria no era mía, la había robado de Uranís. Mías eran las últimas palabras: «Tuyo para siempre».

Eleftería tomó mi paquete con gran curiosidad, aunque ya había adivinado que se trataba de un libro. «¡Oh!», dijo y me dio su regalo, que tomé a mi vez con gran curiosidad, aunque ya me había dado cuenta de que se trataba de un libro. Lo único que no sabíamos era que los dos habíamos comprado el mismo libro, al mismo vendedor, y que los dos habíamos robado la misma dedicatoria que terminaba de la misma manera. «Tuya para siempre».

¿Cuándo empezamos a vivir nuestra vida fuera de las comillas? ¿Llegamos a vivir fuera de ellas? Esta idea me inquietaba cada vez más según iban pasando los años. Nuestro destino está escrito, nuestras historias existen antes de nosotros. Nosotros solamente introducimos los detalles.

No lo veía así entonces. Al contrario. Estábamos viviendo la cúspide de nuestro amor, no volveríamos a amar de esa manera. Cuando nos despedimos, fui directamente a ver a Kostakis, le enseñé el libro y la dedicatoria y se entusiasmó. «Tuya para siempre –repetía–, ahí está el meollo.»

Esa misma tarde, una amiga de Eleftería daba una fiesta. También yo estaba invitado, pero la idea del baile me aterraba. El estilo de vida americano pasaba de un país al otro. Películas, estrellas, música y canciones llegaban también a Atenas, y la juventud las adoptaba. Lo mismo hacía Eleftería. Para mí no era tan fácil. Nuestra limitada situación económica no permitía ropa nueva ni discos ni cine. Ni siquiera teníamos radio en casa. Quedaba yo fuera y rechacé la invitación, pero unas horas después me arrepentí y me presenté de improviso en la fiesta justo en el momento en que Eleftería triscaba en brazos del vendedor de libros ambulante, el de la bella sonrisa. Se le veían las braguitas blancas y, en honor a la verdad, no era lo único que se le veía.

En pocas palabras, se me cortó, literalmente, la respiración. Los pólipos de la nariz se inflamaron y cuando Eleftería, al terminar de bailar, vino corriendo a darme un beso, empecé a estornudar y no podía parar. Cada vez que iba a decir algo, irrumpía el siguiente ataque, finalmente acabaron todos reunidos a mi alrededor, Eleftería estaba roja y no fue raro que esa misma noche cortara conmigo para hacerse novia del que vendía libros de puerta en puerta.

–Éste es el más breve «para siempre» con que me he topado –dijo Kostakis y me hizo reír.

El consuelo, sin embargo, no duró mucho. Pensar en Eleftería me dolía subcutáneamente, como una quemadura. La extrañaba, y no podía concentrarme en los estudios. Las palabras aladas de Homero me dejaban indiferente y me enfadaba con Sócrates que se había bebido la cicuta por fe en las leyes, aun sabiendo que era inocente. Llegué incluso a escribir una redacción y se la recitaba. No nos sacrificamos por cosas equivocadas, decía. Eso es soberbia. «¿Y tu redacción qué es?», me preguntó mi maestro. ¿Qué me importaba? Había perdido a mi amada, un beso de Eleftería anulaba todas las leyes y las obligaciones. Comencé a hacer novillos junto con mis compañeros de clase Diagoras Jronópulos y Yannis Fertis, construyendo así una amistad que desempeñaría un papel importante en mi vida. Me acuerdo sobre todo de una vez en que fuimos a Fáliros, nos echamos en la arena y nos pusimos a hablar del futuro. Y yo no decía nada porque no quería el futuro. Quería el pasado con los refrescantes labios de Eleftería.

Quién sabe dónde habría terminado esta historia si no hubiese intervenido Yannis Raisis, mi maestro de griego antiguo y latín, un hombre de mediana edad y ojos dulces, cálido y sonriente que, según se decía, era encantador. Un día me tomó del brazo.

–Tenemos que hablar, ven a mi despacho después de clase.

Fui. Estaba inclinado sobre algunas redacciones, levantó los ojos y me preguntó:

–¿Cómo se llama?

Fui presa de un llanto desconsolado y él me dejó llorar hasta que estuve en condiciones de resumir mi desdicha. Me escuchó sin interrumpirme y cuando terminé no empezó con aquellas frases que me repugnaban: ya se te pasará, aún eres joven, tienes la vida por delante, existen otras mujeres... Me habló de una manera totalmente distinta.

–Un amor desdichado resulta indispensable para hacer de un niño un hombre. Algún día lo entenderás. Hasta que llegue ese momento, no te permito que avergüences a tu padre –sabía qué debía decirme–, ni que te pongas en ridículo y sobre todo, que me pongas en ridículo a mí. Yo soy tu maestro, y cuando tú te escapas del instituto me impides hacer mi trabajo y no tienes derecho a hacerlo. ¿Tienes algo que decir?

Nada. ¿Qué podía decir? Tenía razón. Ni me mandó con Caronte ni le dijo nada a mi padre. La cuestión quedó entre nosotros y prometí que me corregiría, pero no le bastó, me castigó a su manera. Me encargó que tradujera del latín uno o dos poemas del poeta romano Catulo.

No era fácil encontrar los textos. Tuve que ir a la Biblioteca del Antiguo Parlamento. Entré con temor en el gran salón, donde reinaba un silencio absoluto. Había hombres mayores inclinados sobre gruesos libros. La luz caía desde los ventanales como en los iconos. No vi una sola mujer. Envuelto por la vasta luz y el silencio profundo comencé a leer los poemas palabra por palabra, con desgana e indiferencia, porque nada me llegaba. La segunda semana, sin embargo, se rompió el hielo. Los poemas, verso a verso, comenzaron a cobrar vida. La antigua Roma pasó a ser contemporánea; más allá de los párpados cerrados veía palacios y casas de campo, jardines, parques y plazas donde muchachos y muchachas tenían sus historias, sus deseos y sus pasiones, que eran los mismos que los míos. Mi Eleftería podía haberse llamado Claudia.

Volví a tener la sensación de que vivimos nuestra vida dentro de unas comillas, sólo difieren los detalles y, en ocasiones, ni eso. Seguramente no lo pensé como lo estoy escribiendo ahora, pero ¿qué importancia tiene? Cuando una idea adquiere forma dentro de nosotros, no es su aspecto lo más importante, sino que continúe existiendo, que se vaya consumiendo muy poco a poco y que obligue a los muchachitos quinceañeros a guardar de pronto silencio y a estar tristes sin saber por qué. Da forma a nuestra vida, aunque ésta nunca se vuelva del todo clara. Uno vive con ella como vive consigo mismo. Aun ahora creo que el arte es el cordón umbilical que va de un ser humano a otro ser humano. Aun ahora creo que somos eslabones de una misma cadena y aún me siento agradecido con el encantador maestro mío de ojos negros y con el enamoradizo poeta romano, Catulo, que me hicieron entender.

Hubo una continuación muchos años más tarde, más concretamente, quince, cuando se publicó mi primer libro en Suecia. Stelios se encontró por casualidad a mi maestro, que también había sido el suyo, y le anunció las novedades.

–¿Sabe, señor maestro, que Theodorís se ha convertido en poeta?

No pareció sorprenderse.

–Fui yo quien lo hizo poeta –dijo.

Los años en el colegio fueron decisivos para muchos de nosotros. Entramos orugas y salimos mariposas, provistos de sueños, aspiraciones y, sobre todo, de una ideología. Yo me había vuelto definitiva e irremediablemente ateo. Me dolía. La religión era una forma de vida. Las liturgias, los milagros, la esperanza en una justicia después de la muerte. Pero finalmente los escándalos y las hipocresías, la misoginia, las amenazas de castigos eternos y el fanatismo hicieron que me alejara de ella. Es cierto que necesitamos a Dios, pero a un Dios que nos ame, no a un verdugo más. De ésos ya había muchos. Dejé de ir a la iglesia, abandoné el Catecismo, me negué a comulgar, no guardaba los ayunos. Mamá se desesperaba y temía que la abuela se fuese a enterar, porque eso «la llevaría a la tumba a pasos agigantados». Pero yo no di mi brazo a torcer. Incluso el maestro de religión acabó por dejarme en paz, pese a que hasta entonces cada vez que había negado la existencia de Dios me había expulsado de la clase.

—¿Puedes demostrar que Dios no existe? —gritaba echando chispas con los ojos. Era un hombre guapo.

—Si es difícil demostrar que algo existe, es más difícil demostrar que algo no existe —le respondía.

—Esas gracias no te traerán nada bueno —vaticinaba y me sacaba de clase, pero luego se arrepentía y me invitaba a entrar de nuevo. Yo pensaba que me pondría una muy mala nota en el examen final, pero hizo lo contrario.

—Quien no tiene Dios, debe tratar de encontrarlo, de otro modo es digno de lástima —me dijo.

En eso tenía razón. Ya entonces era yo digno de lástima. Abandonado por Eleftería, privado de sus caricias y de su sonrisa, ateo y pobre, me volqué buscando consuelo en el atletismo, inspirado en mi hermano, que acababa de ganar la carrera de los mil quinientos metros en competiciones estudiantiles. Había estado en casa comiendo un plato de macarrones con nosotros, y al cabo de nada ya estaba en el estadio, donde corrió descalzo, venció, volvió a casa y siguió comiendo macarrones. El barrio entero rezumbaba por su hazaña y el momento para que se dejara el bigote a la Clark Gable llegó, mientras papá se ocupaba del suyo a la Hitler.

Muchas cosas inofensivas me han repugnado en la vida, y el bigote una de las que más. Esos pelos sobre el labio superior me causaban repugnancia, sobre todo en los hombres viejos, en los que los de la nariz se juntaban con los del bigote haciendo que parecieran jabalíes con dificultades respiratorias. Por no hablar de los pederastas de bigote grueso y caído.

Cuando teníamos entrenamiento bajo el sol de Atenas e íbamos vestidos con unos shorts cortitos, siempre había algún admirador en las gradas. Podía haber sido hace dos mil quinientos años. Así se sentaban también los hombres de aquella época. Por fin habíamos entendido que cuando Sócrates decía que el mejor momento para los varones era poco antes de que les saliera el bigote, no se refería a su mundo espiritual. Los velos del amor platónico habían ido cayendo uno tras otro.

Una tarde, al terminar el entrenamiento, me encontré con un escritor americano que había vivido muchos años en Atenas. Su griego era muy pobre y nuestra conversación un puro regateo.

–¿Cuánto por una chupada? –me preguntó.

Yo pensé que hablaríamos de Hemingway y me quedé mudo. Él malinterpretó mi silencio.

–Si no quieres una chupada, te la puedo meter gratis –me dijo con toda seriedad.

También el atletismo tenía sus bocados ponzoñosos, pero era justo: vencía el mejor. En todas las otras situaciones vencía el más rico, aquel que tenía los medios, y etcétera. En el instituto los hijos de buenas familias siempre obtenían las mejores notas. Aun en gimnasia. Un par de veces obtuve el segundo lugar en las competiciones infantiles de los sesenta metros, y perdí sólo porque el ganador tenía una nariz más grande que la mía y llegó primero a la meta. Sin embargo, mis notas en el colegio eran ridículamente bajas.

Eso no ocurría en el estadio. O ganabas o perdías. Además, la gente se interesaba en el atletismo más que nunca. Y eso gracias a la amistad entre Grecia y Turquía. El presidente de Turquía había llegado en visita oficial y, para recibirlo, nos echaron a las calles con banderitas en las manos. También se organizaron competiciones de atletismo. Turquía tenía sus héroes, nosotros los nuestros, uno un corredor de medias distancias y el otro un esprínter. Las grandes distancias nunca fueron mi fuerte. Yo era veloz.

Al principio tuve algunos logros, pero cuando por primera vez vi a un atleta de verdad, entendí que carecía de condiciones para ser realmente bueno. Se trataba de Yorgos Rubanis que entrenaba en el Panelinios, adonde nosotros también íbamos a entrenar. Su cuerpo tenía ritmo, fuerza y gracia. Cuando hacía aquellos ejercicios colosales en la barra fija, mantenía yo los ojos cerrados para no echarle mala sombra.

Cómo iba a ser bueno con mis piernas torcidas y mi cuerpo delgado.

Un día fui a comprar una camiseta en un carricoche.

–Quisiera una con rayas –dije.

El vendedor me miró de arriba abajo.

–O sea, ¿de cuántas rayas estamos hablando? –me preguntó.

Una vez más cambié de rumbo. Durante un tiempo me dediqué al fútbol y la historia se repitió. Al principio tuve algunos logros gracias a mi pierna derecha y a mi velocidad. Pero después no aguanté estar recibiendo patadas en las espinillas, codazos en el estómago y en la cara, que me cayeran cabezazos por atrás, que me tiraran de los shorts y todo lo demás, hasta que entendí, finalmente, que tampoco estaba hecho para el fútbol. Después de estas infortunadas errancias había llegado la hora de volver al puerto grande y seguro: la lectura.

Mi guía y respaldo fue mi compañero de clase Lukís Thanasekos, que adoraba a Oscar Wilde, y que estaba a tal punto bajo su influencia que se vestía como un dandy inglés, con una chaqueta de terciopelo rojo y un pañuelo alrededor del cuello. Yo lo admiraba, sí, pero no tenía ninguna intención de imitar su ejemplo. Temía resultar ridículo, conocía mi lugar. «Pero bueno, ¿quién crees que eres? ¿Errol Flynn?», me habría dicho mamá. Las ocurrencias de Wilde eran divertidas, pero sólo me caló *De profundis*, escrito cuando ya no era el niño mimado de la sociedad londinense, sino un reo en la cárcel, desamparado y olvidado incluso por su amante. Las grandes experiencias estaban, para mí, todavía por llegar.

El mundo cambiaba a mi alrededor. La guerra civil había terminado desde hacía mucho tiempo, los izquierdistas comenzaban a aparecer de nuevo en la política y en las artes. Escritores, músicos, gente de teatro volvió del exilio y conquistó la vida pública. «La vida toma la subida», escribió Yannis Ritsos en su *Grecidad*, que quince años más tarde traduje yo al sueco.

En la casa fresca de Lukís vi por primera vez libros de Marx. No puedo decir que los hubiera leído, pero hojeé uno o dos y una frase no me daba sosiego. No bastaba con entender el mundo, debíamos cambiarlo. ¿Cuán ambicioso hay que ser para escribir una cosa así? Por otro lado, ¿por qué no? ¿Qué sentido tiene que escribas si no quieres cambiar el mundo? Algunos de los libros que leía, era eso precisamente lo que hacían. Después de Dostoievski, el mundo no era el mismo. Ni yo era el mismo. De repente otro sol, más fuerte, brillaba en el cielo. ¿Me había influido? En todo. A tal punto que esperaba encontrar a la Sonia de *Crimen y castigo* en algún burdel, para salvarla. Dostoievski cavó una nueva zanja en mi alma, y no únicamente en la mía.

No sólo en casa de Lukís teníamos libros. Cerca de Síntagma, en la calle Filelinon, había otro surtidor, un aristócrata entrado en años y seguramente venido a menos que prestaba libros de su biblioteca personal por una cantidad módica. Además, le gustaba conversar con nosotros y recomendarnos lecturas. Él me dio un día un tomo pequeño de un escritor que yo no conocía en absoluto y que se llamaba Knut Hamsun. Era *Hambre*.

Me quedé petrificado. No porque Hamsun descubriera nuevas facetas del alma humana, sino porque escribía igual que como Rubanis entrenaba. Con ritmo, fuerza y gracia, con naturalidad, como fluye un arroyo. Su universo era nuevo, anterior al pecado original. Era como si absolviese mis pecados. Además, no soportaba a los ingleses. Yo tampoco los soportaba entonces.

La gran literatura ya tenía sus ejes. La profundidad de Dostoievski y la naturalidad de Hamsun. No era un mal programa para un jovencito que todavía iba al instituto y cuyos textos tenían un solo lector, su amigo Kostakis que no escatimaba en elogios, aunque sus preferencias fueran otras.

Adoraba a Chéjov y cada vez que se presentaba la oportunidad contaba dos historias sobre aquel médico de provincias que cambió para siempre la técnica del cuento y del teatro. Su obra maestra, *La gaviota*, fue un fracaso estrepitoso el día del estreno y los actores abandonaron el escenario para evitar oír los abucheos de los malhumorados espectadores. Alguien le preguntó entonces a Chéjov cómo aguantaría un fiasco así. «Como un perro aguanta la lluvia. Sacude el pelaje.»

Kostakis, que siempre se preparaba para todo tipo de fracasos, estaba entusiasmado. «Como un perro», repetía y movía el trasero. «Ése es el truco», decía desternillándose de risa. Chéjov le había dado, nada más y nada menos, que una forma de vida. Yo prefería otra historia. Al entierro de Chéjov asistió una nueva estrella, Maksim Gorki. Su discurso fue breve. «Damas y caballeros, Antón Chéjov vino al mundo a decirnos: Señoras y señores, no hemos aprendido a vivir.»

¿Qué más se puede decir?

Leíamos mucho, horas enteras, todos los días, todas las semanas. En casa no teníamos mesa de lectura y mi padre no me permitía leer acostado. «El escritor pasó muchas noches en vela para escribir su libro, y lo menos que podemos hacer es no leerlo acostados panza arriba como monos que se rascan.» Ni siquiera hoy, que ya he pasado los setenta, puedo leer en la cama.

Mamá tenía otras preocupaciones. Tanta lectura no podía acabar bien. «Sal a dar una vuelta», me decía. O «ven aquí, siéntate con nosotros como Dios manda». Por supuesto no le hacía yo caso y acabó dándose por vencida. Finalmente, hasta una mesa me compraron, pero era muy pequeñita y tenía que sentarme como un faquir. Mamá me compadecía, pero a mí me gustaba mi mesita. Entendí cuánto la había amado cuando encontré una similar en Suecia y de inmediato la compré como si comprara de nuevo mis años mozos.

Conocí a muchos escritores en aquellos tiempos. No los mencionaré a todos, pero todos me enseñaron alguna cosa, principalmente los sagaces franceses Stendhal, Maupassant, Gide, Sartre y todavía más Nietzsche, de la pequeña ciudad prusiana de Röcken, cuya megalomanía romántica se veía resaltada por un enorme bigote. Pero la última gran impresión de mi adolescencia la recibí de Simone de Beauvoir con *El segundo sexo*. Después de la propaganda masculina de siglos, que ya circulaba por nuestras venas, de pronto apareció aquella hermosa francesa que con una implacable lucidez nos abrió los ojos. Jamás volveríamos a ver a la mujer como antes.

Pero mientras tratábamos de aprender la diferencia entre lo pequeño y lo grande, se abrió una herida en nuestro ya ensangrentado país: la cuestión de Chipre, como se decía entonces, de la misma manera que quince años antes se había hablado de la cuestión de los judíos, como si los judíos tuvieran la culpa de haberse convertido en un problema por resolver para Hitler y otros. Lo mismo con Chipre. ¿Por qué de pronto los chipriotas querían independizarse de Gran Bretaña? ¿Por qué creaban problemas? ¿Qué ganarían? ¿Cómo podían ser tan ingratos con Inglaterra que con bases militares en la isla los protegía y les daba de comer?

Nadie estaba de su lado. Sólo Grecia que no podía hacer otra cosa, aunque la gente en el poder, más que con el pueblo de Chipre, seguramente prefería tener buenas relaciones con Inglaterra. Así, la lucha política descendió a las calles. Estudiantes y alumnos comenzaron las manifestaciones. El Estado respondía con gases lacrimógenos y porras. Un día caí. Me pescaron a mí y a otros y nos llevaron a la Comisaría entre patadas y bofetones. Ahí tomaron nuestros datos, nos dieron más golpes, nos encerraron durante unas cuantas horas en una celda y luego nos soltaron tras habernos asestado algún sopapo más y nuevas patadas.

Esto no impidió que continuara yo participando en las manifestaciones, sólo que me volví más ducho para escabullirme. En Grecia, en ese entonces, no se olvidaba nada, y esto fue algo que descubrí pronto.

Los años en el colegio fueron decisivos para mí. Aquel muchacho que después del último examen, siguiendo la tradición, lanzó su tintero contra el muro gris del instituto, se había vuelto ateo, socialista y amante de la literatura. Además, había entendido que los hombres eran raros, y que era raro que no fuesen todavía más raros.

La vida adulta podía comenzar.

5

Corría el año 1956. Los planes para el futuro estaban claros. Continuaría estudiando en la universidad, ya fuera Derecho, con lo que soñaba mi padre, o bien en la Facultad de Filosofía, con lo que soñaba yo. La mayoría de los aspirantes pasaron ese verano en escuelas que los preparaban para los exámenes de admisión. Yo no tenía el dinero que hacía falta para eso, pero tampoco pensaba que necesitase prepararme así. Un problema más grande era el certificado que debía entregarme la policía, testimoniando que era yo un griego legítimo con un registro blanco como la feta.

El policía me hizo esperar un cuarto de hora en su despacho mientras se tomaba un café y fumaba. Finalmente me atreví a preguntarle por mi asunto.

–¿No ves que estoy ocupedo? –dijo sin asomo de ironía.

Ese «ocupedo» me gustó. No respondí nada y me dejé llevar por la fotografía grande de la pareja real que estaba colgada en la pared. Por alguna razón me parecieron divertidos y sonreí.

–No es momento de risitas –dijo el policía, de nuevo sin asomo de ironía y sacando de su cajón un expediente que comenzó a hojear al tiempo que se humedecía los dedos con saliva. Encontró lo que estaba buscando y comenzó a leer moviendo los labios.

–Muy bien. Ahora veo qué especie de canalla eres.

Era el informe de Seguridad del día en que me habían pillado. Protesté diciendo que no había sido yo el único manifestante. Craso error. El policía llegó a la conclusión de que no sólo daba muestras de falta de respeto, sino que era incorregible.

–Como tu padre –concluyó, añadiendo que le sería más fácil a él hacerse Papa que a mí entrar en la universidad.

Cuando salieron los resultados, busqué junto con decenas de otros muchachos, mi nombre en las listas que habían pegado en la puerta de la universidad. Las leía y las volvía a leer. Kallifatides no estaba en ningún lado. El policía estaba en lo cierto. Algunos de mis compañeros de clase habían sido aceptados. También había sido aceptada Meri, mi infortunado amor de la Primaria.

Sólo había una solución: el suicidio. Lanzarme a las ruedas del tranvía en la calle Hipócrates. Me detuve a esperarlo temblando de la cabeza a los pies. Llegó lleno de gente, las camisas de los jóvenes que iban colgados afuera se hinchaban como banderas, y lo único que deseaba era estar entre ellos en vez de lanzarme a los rieles. Mientras tomaba la decisión, el tranvía se fue. Ya era tarde tanto para matarme como para tomarlo.

¿Qué iba a ser mi vida? ¿Un viaje o una estación? Tomé el camino a casa. Mamá estaba sola. Al primer vistazo entendió. Sin el menor titubeo dijo:

–Un día se avergonzarán.

Después me trajo uno de sus famosos *kurabiés* con un café y un vaso de agua. Aún hoy siento su frescura en la boca.

Tampoco mi padre dudó en ponerse de mi lado. Había fracasado, pero la culpa no era mía.

–Los hijos pagan los pecados de los padres –dijo.

Cómo se iba a imaginar entonces que un día pagaría él mis pecados. Pero yo no me consolaba. A lo mejor había contestado mal, a lo mejor mi redacción no era buena, a lo mejor había sobreestimado mis conocimientos, a lo mejor mi cerebro no daba el ancho. A lo mejor yo entero no daba el ancho.

Mi hermano tenía su propia explicación.

–En Grecia no cabemos todos –dijo y sembró en mí la idea de irme de mi país siete años antes de hacerlo.

La vergüenza del fracaso me quemaba como un hierro candente. Todo el barrio se había enterado. La mayoría lo lamentaba, algunos se alegraban. «Pero ¿quién se cree que es? ¿Dónde se ha oído que se pueda prescindir de las clases particulares?» No me atrevía a salir de casa y mamá me atendía como si estuviera enfermo. Naturalmente me hundí en mi infortunio, mi vida había terminado antes incluso de empezar. Pero en medio de todo había un amigo que se negaba a abandonarme. Kostakis pasaba por casa todas las tardes, me contaba los chismes del barrio o me hablaba de algún libro que estuviera leyendo, me daba ánimos, me recordaba el ejemplo de Chéjov y movía el trasero para hacerme reír.

Un buen día no llegó solo. Venía con él María, a quien ambos conocíamos desde la Primaria, cuando todavía llevaba su rubio cabello en una trenza y era la mejor amiga de Meri, de la que todos habíamos estado enamorados –él aún lo estaba. Dimos una vuelta por el bosquecito de la Escuela Evelpidon, olía a resina y a tierra seca. María llevaba puesto un sencillo vestido blanco que caía con ligereza sobre su cuerpo y que en vez de cubrirlo, lo descubría. Olía a naranja. Durante todos los años del colegio no tuvimos casi ningún contacto. De vez en cuando nos veíamos por el barrio, ella vivía a dos calles de mi casa y a duras penas cruzábamos tres palabras. Aquella tarde, sin embargo, habló sin parar, su voz era agradable y alegre como un arroyo en primavera. Algo ocurrió entre nosotros, pero no sabía yo qué.

A la mañana siguiente comencé a buscar trabajo. Eran tiempos difíciles. Mi padre trabajaba en dos escuelas de la mañana a la noche, y para no gastar, iba y volvía del trabajo a pie. Lo único de lo que no se podía privar era del periódico. «¿Hasta del periódico voy a prescindir, Antonía?», le decía a mamá que de tanto en tanto lloraba. Se me rompía el corazón. Me enojaba conmigo mismo y me avergonzaba, quería hacer algo yo también, pero no sabía hacer nada. Finalmente conseguí que me contrataran como vendedor ambulante de *El Periódico de los Ciegos*, sin sueldo, pero con comisiones. Nunca vendí ninguno y me despidieron. Todavía hoy me late el corazón a destiempo cuando me acuerdo de lo que es estar frente a puertas ajenas buscando clientes. Pitágoras decía que los comerciantes son la más baja de las categorías humanas. Quizá no tuviera razón, pero lo cierto es que yo no era vendedor. Por el contrario, estaba enamorado. Seguimos viéndonos María y yo casi a diario, casi siempre con Kostakis. Ella no había ido a la universidad, trabajaba en una oficina. Era tan pobre como yo, pero mucho más alegre. Su risa era serena, no era llamativa, no estallaba en carcajadas ni relinchaba como una yegua. Su risa era la continuación de su charla, no era un giro ni menos una pausa. Su risa era su conversación e iluminaba su rostro con frecuencia oculto por sus cabellos, que ella apartaba como si estuviera apartando un recuerdo desagradable. Cada vez que se personaba, parecía más viva y más auténtica, era como si se bautizara nuevamente.

Durante años enteros estuve enamorado de su amiga y ella lo sabía. No era fácil caer de pronto de rodillas frente a ella y hacerle una declaración de amor. Podría resultar incluso problemático. O por lo menos eso pensaba yo. Por eso callaba. No obstante, cada día estábamos más cerca, literalmente. Al principio caminábamos a un metro de distancia el uno del otro, al cabo de poco, a medio metro y más tarde casi pegados. Continuamente nos rozábamos, nos besábamos jugando, alguna vez se me sentaba en las rodillas. Pero de ahí no pasábamos.

Aquella tarde transcurría como las anteriores. Habíamos dado una vuelta por el parque. En el teatro Alsos se presentaban nuevos talentos, algo que en realidad era como el juego del gato y el ratón. Los pobres jóvenes, muchachos y muchachas, que buscaban una mejor suerte, eran el hazmerreír tanto del maestro de ceremonias, Yorgos Iconomidis, como del público. Me habría gustado que nos sentáramos a divertirnos nosotros también, pero no tenía dinero. María ofreció pagar ella. Pero eso, en aquellos años, no se usaba. Y así, nos quedamos fuera junto con los otros menesterosos. Después de los talentos, salió Marudas y sedujo al público con su archiconocida canción: «Esta noche los violines lloran». En lo que a mí se refiere, los violines lloraban todas las noches.

Después de Marudas salió el Mario Lanza griego, un joven tenor cuyo nombre se me escapa, que cantó *Granada* con pasión y el público creía que la canción hablaba del cinematógrafo del barrio que así se llama.

Luego nos aburrimos y emprendimos el camino de regreso. La noche era apacible y las estrellas brillaban con ternura. El mundo no era indiferente. Pensaba en la única frase que había entendido de Kant: que jamás había dejado de sorprenderse y admirar el cielo cuajado de estrellas que tenía encima y la ley moral que llevaba dentro. Me habría gustado abrazar a María, pero no me atreví. Podría ofenderse, ella estaba al tanto de mi amor por su amiga. Mejor no hacer nada y seguir admirando el cielo estrellado.

La marmolería estaba desierta y nos invitaba a entrar con su frescura y su silencio. María se sentó sobre un mármol y yo sobre otro. No hablamos. Durante el día estaba llena de vida. Entraban y salían los clientes. Los ayudantes serraban a mano las placas de mármol, un polvo blanco les enarenaba la espalda, los hombros y el pecho, a menudo desnudo. Uno o dos entre ellos eran hermosos muchachos. El marmolista, un hombre silencioso y ya entrado en años, había consagrado su vida a las estelas funerarias, las cruces artísticas y las coronas. La muerte era su mejor vecino y por eso no sentía ninguna necesidad de decir palabras superfluas. Y así, no decía palabras superfluas. No decía nada.

Por las tardes, después del trabajo, cuando sus jóvenes ayudantes se enjuagaban el polvo de mármol que les había caído encima, veíamos sus musculosos cuerpos que evocaban estatuas y atraían las miradas de las muchachas. Un arroyito blanco salía del barreño. El último en lavarse era el marmolista, el vello de su cuerpo era más blanco que el mármol y sus músculos delgados como cuerdas. En cuanto él se iba el lugar se calmaba. No había puerta para cerrarlo. Todo permanecía tal como lo dejaba. Lápidas con el nombre del muerto a medio grabar, sierras, todo tipo de martillos, placas y sobre todo un olor como a aceite quemado que, pese a no ser agradable, no era del todo desagradable. En el único árbol –un envejecido ciprés– se reunían los gorriones a trasnochar. La oscuridad, con cada instante que pasaba, se recostaba sobre la marmolería como el hombre cansado sobre su almohada.

Ahí estábamos a buen resguardo, solos y tranquilos. María no decía nada. De tanto en tanto se retiraba el pelo de la frente. Yo tampoco quería decir nada, y sin embargo, algo fue dicho. De pronto, a pesar de mi voluntad, incliné la cabeza como frente a un verdugo y dije:

–María, te amo.

Por fortuna estaba sentado, porque me temblaban las piernas. Las palabras aladas de Homero adquirieron sentido. Mis palabras habían saltado de mi boca verdaderamente como gorriones asustados. Habría dado todo por retractarme, pero ya era tarde.

María no reaccionó, como si no me hubiese escuchado. Yo esperaba con la cabeza inclinada, aguantando la respiración. Finalmente me giré para verla. Tenía lágrimas en los ojos. ¿Tanto la había decepcionado? ¿Había traicionado nuestra amistad? ¿Qué debía hacer? ¿Irme cabizbajo? De pronto sonrió.

–Hace años que espero este momento –dijo en voz baja.

Nos hicimos pareja. Con María la vida «tomó la subida». Sin ella, no habría salido yo adelante. Su buen humor, su risa, verla saltar por encima de las hogueras de San Juan con la falda levantada, compensaba mis infortunios. Hasta un trabajo nuevo encontré, ayudante en una tienda de piezas de recambio para automóviles.

Qué bien me sentía cuando llegué a casa con el primer sueldo de mi vida. Mamá tomó los pocos billetes y se los fue pasando uno a uno por el cabello, una costumbre de Molaoi y una bendición para el futuro.

La tienda olía a lubricante y me gustaba. El jefe era un cincuentón con una memoria extraordinaria. Aunque aparentemente todo estaba patas arriba, él sabía dónde encontrar la tuerca y el tornillo que necesitaba. Por desgracia el asunto no me interesaba. Lo bueno del trabajo era el sueldo y estar con otros empleados que tenían mucha más experiencia que yo, conocían todos los burdeles, jugaban al póker y tenían ciclomotores y motocicletas.

Continué escribiendo poemas y relatos que no le mostraba a nadie, ni a Kostakis. ¿Por qué escribía? No lo sabía. Algo era seguro. Que salvo las horas con María, nada me llenaba tanto como los momentos frente al papel en blanco y con el mundo entero en la cabeza. Incluso las horas con María brillaban más cuando escribía sobre ellas. Era como si la vida se agrandara, la probaba de nuevo, se volvía mía. La escritura exigía una concentración absoluta, tanto que comencé a ver incluso la felicidad como una forma de autoconcentración. Cincuenta años y cuarenta libros después no tengo una respuesta mejor. Escribo para conseguir la autoconcentración que exige la escritura. El resto son las consecuencias de esto.

Las cosas cambiaron de nuevo. Con María era feliz, pero había un enemigo que pronto demostraría su fuerza. Los sábados ella trabajaba por horas en el Hipódromo. Decidí darle una sorpresa y fui a pie desde Gizi hasta Fáliro, donde las casas eran grandes y tenían jardín propio con rododendros y limoneros. Un hombre de mediana edad que estaba regando las flores se dio cuenta enseguida de que yo no era de ahí y comenzó con las preguntas. Amables, sí, pero preguntas al fin y al cabo. De dónde venía, qué hacía ahí, cómo se llamaba mi padre. En cuanto oyó mi apellido, se alegró. «Yo también soy del Ponto, de Samsun.» Mi padre había sido maestro ahí en 1912. «Con razón me pareció conocido el apellido. Era yo muy niño entonces, pero tal vez haya sido maestro mío», dijo, y se ofreció a invitarme a una limonada.

Acepté agradecido porque la larga caminata tenía su precio. Nuestra conversación se volvió todavía más familiar y le confié que había ido para darle una sorpresa a María.

–Olvídalo –me dijo con convicción.

–¿Por qué?

–Nunca sorprendas a una mujer. Por lo general el sorprendido eres tú.

Era el momento de seguir. Le di las gracias por la limonada y el consejo que consideré más bien una broma.

Al llegar al Hipódromo, me senté a la sombra de un árbol grande que desprendía una agradable fragancia. Un poco más allá se veía el mar en absoluta calma, como una tortuga. Al cabo de poco apareció María, pero no sola, sino en compañía de un joven que la llevaba tomada de los hombros y le susurraba algo al oído, y ella sonreía. Eso fue lo que alcancé a ver. Un dolor punzante en el pecho me cortó la respiración y luego todo se volvió negro.

Cuando recobré el sentido estaba inclinada sobre mí con su bello rostro transfigurado por la inquietud. El joven que estaba a su lado me había hecho recuperar el sentido a bofetadas. ¿Qué me había pasado? ¿Estaba enfermo? ¿No había comido?

Fingí que no sabía, aunque supiera. Me habían tumbado los celos. María le había sonreído como me sonreía a mí y me había resultado insoportable, quería desaparecer, morir, y elegí la solución intermedia: el desmayo. El más enigmático de los diablos había hecho su aparición, pillándome completamente desprevenido.

El señor de Samsun tenía razón. Nunca sorprendas a una mujer. En el camino de regreso le hice un montón de preguntas, supuestamente inocentes, intentando entender qué relación tenía con aquel muchacho. Me explicó que era su primo. Seguramente era verdad, y sin embargo había ocurrido algo irreparable. En cualquier momento podía elegir a otro. Todos tenemos un sustituto. Nadie es único e irremplazable. ¿Cómo se puede vivir con esas premisas?

Continuamos como hasta entonces, pero algo había cambiado. La felicidad es como una ola, y la nuestra ya no se encrespaba. Al mismo tiempo perdí, o probablemente me vi obligado a dejar mi trabajo, a pesar de que ya había empezado a distinguir los tornillos de los pernos. Un mediodía, cuando volvía a casa para comer, no me sentía bien. Pasé por el parque, me eché en la cara un poco de agua de la fuente y me senté un momento en un banco. Me repuse. Mamá había hecho habas, que me gustan, pero de pronto empecé a oír un zumbido en los oídos, a ver estrellas y un dolor punzante me atravesó de una sien a la otra. Inmediatamente después, vomité. Mamá se asustó; mi padre estaba más tranquilo.

–Migraña –dijo.

Durante dos días enteros no soporté ni la luz ni el ruido, hasta mi respiración la sentía como martillazos.

Luego pasó, tan repentinamente como había llegado y volví al trabajo. Una semana después, lo mismo. El médico dio el mismo diagnóstico que papá, con el añadido de que conviviría con la migraña toda mi vida. ¿No se podía hacer nada? Nada, salvo quizá cambiar de trabajo, porque en la plaza de Vathi, donde estaba el negocio, había mucho alboroto, muchos coches, motos y ciclomotores.

Y así, me quedé desempleado de nuevo y me sentaba en el café junto con otros desempleados a mirar a las chicas que pasaban por fuera, mientras con cierta inquietud esperaba a que María volviera del trabajo. De vez en cuando jugaba a cartas; pero jamás a tablas porque hacían «escandalera», como decía mi abuelo.

En el café se descubrían tragedias mucho más grandes que la mía. El hijo mayor del lechero, que durante años enteros había estado preparándose para entrar en la Escuela Real de Aviación, en un mismo mes consiguió hacer realidad su sueño y perderlo. Aprobó con éxito aquellos exámenes extremadamente difíciles y en el barrio tuvimos fiesta. Su padre nos invitó a un helado de la famosa firma EVGA, mientras el hijo era el centro de atención de todos nosotros, alto y flaco, con una nariz aguileña y aquel uniforme blanquísimo que lo hacía parecer una columna de luz. Las casamenteras iban y venían. Los más experimentados comentaban con un regusto amargo: «A éste sí le irá bien en la cama». Una semana antes de recibir sus alas, los médicos le descubrieron un defecto en el ojo izquierdo. Y ahí acabó todo. Cuando volvió al barrio sin su uniforme blanquísimo parecía desnudo. Lo lamentamos por él, pero también lo lamentamos por nosotros. De alguna manera, su éxito nos había infundido valor. Hasta el hijo de un lechero podía ser piloto. Finalmente, no ocurrió, siguió siendo uno de nosotros, nunca pudo volar. *Dum spiro, spero*, habíamos aprendido en la escuela. Mientras respire, espero. Era hora de cambiar el lema y lo volvimos: *Dum spero, spiro*. Mientras espere, respiro. Lo necesitábamos porque con frecuencia ni respirar podíamos.

El café de don Jimmy, que tenía el bello nombre de Andros –isla de donde provenía– no era grande, pero contaba con tres diferentes espacios. Al fondo, al lado de la microscópica cocina, se sentaban los gallitos pensionistas. Por lo general jugaban a las cartas, hablaban de sus enfermedades, presumían de los éxitos de sus hijos y de sus nietos y fastidiaban a don Jimmy por su panza que cada día era un poco más voluminosa.

–¿Desde cuándo no lo ves? –le preguntaban.

Y siempre recibían la misma respuesta:

–Desde el Tratado de Lausana.

En el espacio de la izquierda se reunían los estudiantes. Algunos eran chipriotas y hablaban entre ellos un dialecto curioso. Ahí jugaban al Préférance. Casi todos estudiaban Derecho. Y hacían bien. En su isla los ingleses encarcelaban, torturaban y ahorcaban a los patriotas. Colgaron incluso a un muchachito de dieciséis años, aun cuando la reina Isabel le había dado la amnistía. Pero las autoridades locales lo habían torturado de manera espeluznante, incluso le habían sacado un ojo, de modo que prefirieron ignorar a la reina antes que dejarlo libre en el estado en el que estaba. Y lo ahorcaron. Después dijeron que la orden había llegado tarde.

Los ejecutados eran sepultados en un rincón apartado de las prisiones que la gente llamaba: «las tumbas encarceladas». Los periódicos escribían todos los días sobre los hechos en Chipre. Estudiantes y obreros se lanzaron a las calles sobre todo después de la muerte de Grigoris Afxentíou, a quien quemaron vivo en su escondite.

Las manifestaciones se sucedían una tras otra. Yo no era un entusiasta de las manifestaciones, algo me molestaba, una sensación de pérdida, había algo que se perdía desde el momento en que dejabas de ser individuo para convertirte en multitud. Además, tenía miedo; la policía no dudaba en romper cabezas y costillas. Hay veces, sin embargo, en que no puedes hacer otra cosa. Hay veces en que tienes que participar; además, descubrí una alegría salvaje en la violencia irresponsable, lanzar piedras, volcar automóviles, ser perseguido y correr.

Con el tiempo me convertí en un manifestante experimentado o un provocador, como nos llamaban algunos periódicos. La primera preocupación era la elección del equipo correcto. Evitaba a los estudiantes, corrían de aquí para allá, y era a ellos a quienes la policía aislaba primero. Me iba con los albañiles. Eran duros como la piedra, de cuerpo musculoso e iban armados con destornilladores, martillos y barras de hierro. La policía los evitaba cuanto podía. Además, tenía mi ángel de la guarda, un albañil grandote que me había tomado bajo su protección sin que jamás entendiera yo el porqué.

Así participaba a menudo en las manifestaciones y por las tardes, en el café, hacía alarde de mis proezas. Había adquirido el derecho a darles collejas a los menores que yo, sobre todo ese golpe tan particular que se da con los nudillos en la cabeza y que se llamaba «despertador». También yo los había recibido a su edad. Eso es lo que se llama tradición.

Los pequeñajos se desfogaban con el Arcángel, un hombre curioso del que no sabíamos nada, ni dónde vivía, ni cómo vivía, ni cuál era su apellido. Lo único que sabíamos era lo que veíamos, es decir: un hombre alto, caquéctico, vestido de harapos que cada cierto tiempo daba un saltito en el aire y se golpeaba la punta de uno de sus zapatos con el talón del otro, murmurando al mismo tiempo: «chochito». Nadie lo oyó jamás decir otra cosa. Un día desapareció como una hoja de otoño a la que el viento se llevó.

En el barrio apareció el primer coche particular. Era un Citroën. Conocíamos al dueño, pero no se juntaba con nosotros. Todas las tardes lo lavaba con movimientos lentos, cariñosos, como si fuera su hijito, utilizando la regadera para no desperdiciar agua, que era un problema enorme. Cada dos por tres se iba el agua y cuando abríamos los grifos, lo único que salía era un montón de sonidos groseros. Sucedía lo mismo con la luz, aunque en este caso sin ruidos. La ciudad se sumergía de pronto en la oscuridad, pero continuaba viviendo y funcionando. Era un sentimiento curioso, como si estuvieras en la misma jaula con un tigre al que no veías.

Sucedían muchas otras cosas. La bella señora Lela consiguió por fin huir de su sádico marido y éste se desinfló como un globo. Comenzó a beber más todavía, lo echaron de su trabajo, tenía los ojos siempre llorosos y por las noches mantenía al barrio entero despierto porque salía al patio y la llamaba desamparado como un lobo.

Pasé meses enteros sin leer en serio; menos aún escribía. Sacaba papel y lápiz, me sentaba frente a mi mesita con las piernas dobladas como un faquir, pero las palabras no llegaban. Mi corazón se secaba como un higo al sol, como en las terrazas de mi pueblo. María lo veía, sin poder hacer nada. En su mirada había una sombra que ella no podía apartar como apartaba los cabellos de su frente.

Una mañana había ido al café, como de costumbre. Sólo estábamos don Jimmy y yo a esa hora tan temprana, cuando un camión pequeño se estacionó frente a una casa de la acera de enfrente. Dos hombres iban sentados delante, el chofer y un señor rechoncho. Un tercer hombre, mucho más joven, iba sentado en la caja del camión. Se bajaron y entraron en la casa. No era nada digno de llamar la atención, pero de pronto se oyó a una mujer que lanzaba gritos desoladores, niños que lloraban, puertas que se abrían y se cerraban con violencia. Don Jimmy, que lo sabía todo del barrio, movió la cabeza.

—No te inmiscuyas, la están desahuciando –dijo–. Hace seis meses que no paga el alquiler.

Debía tener unos cuarenta años, vestía de negro y su cabello había encanecido prematuramente. En su enflaquecido rostro ardían dos grandes ojos muy negros. La llamábamos «la viuda imaginaria», porque llevaba luto por su marido como si estuviera muerto, pero no lo estaba. Al contrario. Estaba vivito y coleando y había formado un nuevo hogar una manzana más abajo con una mujer mucho más joven que él y la criaturita que ésta había tenido con un norteamericano, un *marine*, que la había abandonado.

La puerta de entrada se abrió de par en par y «la viuda imaginaria» se lanzó fuera pidiendo ayuda.

—Vecinos y cristianos, ¡ayuda! No tengo adónde ir. ¿Qué será de mis hijos? Aquel inútil, esperma del diablo, el padre de estas criaturas, acaricia a la puta esa y su bastardo y se desentiende de su propia sangre. Me están echando a la calle los malditos cuervos, a mí, que soy hija de un pope de la Iglesia y hombre de Dios. ¡Ayuda, vecinos y cristianos!

El señor rechoncho que además era el dueño de la casa, intentaba tranquilizarla, pero ella estaba más allá de cualquier consolación, cayó al suelo y le besó los zapatos. El hombre no sabía qué hacer. Salieron también las criaturas, tres niñas de entre cinco y diez años, delgaditas como cabritillas, con los ojos llenos de lágrimas que brillaban como estrellas en una noche despejada.

Los otros dos hombres comenzaron a cargar en el camión las pertenencias de «la viuda imaginaria», uno con lágrimas en los ojos y el otro con la mirada perdida, como ciego.

—¿No podemos hacer nada? —le pregunté a don Jimmy.

—No —me respondió.

Estaba en lo cierto y al mismo tiempo estaba equivocado. Me fui directo a casa, a mi mesita, y escribí un relato cuyo título era «El desahucio». Fue el primero de mis textos que se publicó. Por supuesto que no me pagaron, pero eso no tenía ninguna importancia. Vi mi nombre, vi el título del relato, estaba ahí, existía. Lo más importante era que alguien o algo dentro de mí vivía su vida, que pensaba con mayor profundidad que yo, sentía con mayor intensidad que yo. Quizá hubo a quien le sorprendiera el relato, pero a quien más le sorprendió fue a mí, porque no tenía ningún parecido con lo que había visto, no era un reportaje, era una interpretación de la realidad, más intensa, más clara, más comprensible. ¿La había escrito yo? Y lo más curioso de todo: las escenas que había visto me hicieron tener ganas de llorar, pero escribirlas me colmó de dicha.

Eso me confundía. Parecía que tuviera en el alma un diablito pequeño y peludo que hacía su voluntad independientemente de mí. Había otros que también tenían un diablito pequeño y peludo en el alma.

Yannis, mi compañero de colegio, desde que lo conocí soñaba con ser actor. Su sueño, como tal, no era incomprensible. Incomprensible era que lo alimentara. ¿De dónde le venía? Su padre era carnicero en el Mercado Central, su madre era como la mía, con poca instrucción. ¿De dónde le vino al hijo la idea de hacerse actor? Ni él ni nadie más lo sabía. En todo caso, en el instituto utilizábamos su talento para hacer novillos. Él se fingía enfermo, Diagoras —otro compañero de buena familia, de familia educada— se encargaba de la difícil tarea de convencer al maestro de que éramos nosotros, él y yo, quienes debíamos acompañar al enfermo a casa.

Los tres vivíamos relativamente cerca, y con el tiempo nos habíamos vuelto inseparables. Ni en verano dejábamos de frecuentarnos, a pesar de que a Diagoras lo obligaban a hacer la siesta al mediodía, pero él se escapaba por la ventana y nos íbamos al parque o al bosquecito de la Escuela Evelpidon, y hacíamos planes para el futuro. Una vez que fuimos de excursión a Delfos, alguien nos tomó una fotografía a los tres en el antiguo teatro. Entonces ya habíamos tomado la decisión: Yannis Fertis se haría actor; Diagoras Jronópulos, director, y yo, escritor.

Fue una fotografía profética, pero por el momento Diagoras estudiaba Derecho, yo estaba sin trabajo y Yannis esperaba aprobar los exámenes para la Escuela del Teatro de Arte y necesitaba a alguien que le tomara el papel, como se dice. Ese trabajo nos lo dividíamos entre Diagoras y yo, y el resultado fue que los tres entramos en la escuela.

Las noticias fueron recibidas en casa con sentimientos mezclados. La actuación no era con lo que soñaban mis padres para mí. El problema era mayor para mi padre. La escuela era privada y costaba, pero el viejo no se retractó. Si se trataba de estudios, haría lo que pudiera. El teatro no era con lo que soñaba para mí, pero era mejor que el fatal deterioro causado por el desempleo.

–Encontraré otras escuelas de recuperación para dar clases, dijo.

Mamá comenzó a juntar dinero para poder mandarse a hacer un nuevo vestido para mi primer estreno, que si todo iba bien, sería al cabo de tres años.

La escuela estaba cerca del colegio y dos callejuelas más abajo vivía un escritor al que yo admiraba mucho. Casi cada mañana pasaba por delante de su ventana –él también vivía en un semisótano– y lo veía inclinado sobre sus papeles. De alguna manera era una confirmación de que el mundo no estaba patas arriba, de que algunas cosas no cambiaban jamás, como la escritura, por ejemplo. Papel y lápiz, sólo eso se necesitaba.

Con el tiempo, mi paso por delante de su ventana era como si dijera la primera plegaria de la mañana. Pero el hombre no estaba exento de debilidades, le gustaban las muchachas bonitas, y sobre todo su trasero. En una ocasión, lo encontré en el barrio de Patisia, lejos de su casa. Parecía completamente perdido, con el abundante cabello gris enmarañado «encima de cualquier duda», como decía Strindberg del suyo.

–¿Qué hace aquí, maestro? –le pregunté.

Me miró como uno que se ahoga mira a su salvador.

–Ay, muchacho, no sé dónde estoy. Nunca había venido aquí. ¿Esto es Atenas todavía?

No daba crédito a mis oídos.

–¿Cómo vino a dar aquí?

Bajó los ojos.

–Siguiendo a una muchacha bellísima, más bien siguiendo su trasero, y ahora estoy aquí.

–¿Y el trasero dónde está?

Sonrió lastimeramente.

–¿Tú también piensas ser escritor, muchacho?

Por supuesto que pensaba ser escritor, pero por el momento debía ser algo que no había pensado ser. La escuela, sin embargo, tenía su propia dinámica y me arrastraba. Maestros y alumnos eran distintos de la gente con la que me reunía en el café de don Jimmy. Entusiastas, decididos, dotados, osados, libres. En la clase éramos mitad chicas, mitad chicos y todos adorábamos a Károlos Koun. Su mirada era magnética, tenía un peso casi físico –debe haber pesado unos cincuenta kilos. Además, era un maestro prodigioso. Con indicaciones simples, concretas, nos hacía sentir mejores, y con gran generosidad compartía con nosotros sus conocimientos. Nos presentó a Brecht, a Ionesco, a Beckett, a Williams, a Arthur Miller, a O'Neill, y también a escritores griegos más jóvenes. Dio un nuevo aliento a los clásicos y los devolvió al lugar al que siempre habían pertenecido, a la realidad griega. Vivía para su teatro y su escuela, trabajaba continuamente, bebiendo decenas de cafés y fumando sin parar, del todo indiferente a su salud. Los jóvenes a su alrededor se tambaleaban de cansancio, pero él no se movía de su sitio, con las piernas cruzadas, un poco encorvado, un cigarrillo en una mano y su pesada y hermosa cabeza apoyada en la palma de la otra.

El éxito económico no le interesaba, el cine lo dejaba indiferente; para él, el sentido de la vida estaba en su pequeño teatrito de escenario semicircular, espejo de su punto de vista a propósito de que una función debe representarse en medio de la gente, no frente a ella. El público era el verdadero escenario.

No es difícil entender por qué nos emocionaban esas ideas. Estábamos cansados de las órdenes y los decretos del rey, el ejército, la policía, la iglesia. Ellos tenían el poder en sus manos y hacían de la realidad una farsa. Había llegado la hora de ponerle un punto final a dicha comedia, de conquistar de nuevo la autenticidad de la vida y nos parecía que el maestro sabía cómo.

He dicho que lo adorábamos. Pero también entre nosotros nos queríamos. Nunca antes había vivido en un clima así de estima mutua y solidaridad. Nadie negaba el talento del otro. Éramos los elegidos de Koun y eso bastaba. Sin embargo, muy pronto destacaron tres. Uno era Yannis, nacido príncipe en una familia de sangre azul. Alto, delgado, bello, con una voz increíblemente madura. Las dos otras eran Maya y Lida, muy distintas la una de la otra. Maya era alta y espigada, tenía unos ojos muy grandes y muy negros, una piel que parecía de cera, una voz cálida y una tensión latente como una catarata subterránea. Encima tenía hijos, sabía idiomas, en su casa había piano y su hermana, igualmente estilizada, bailaba ballet y siempre llevaba su abundante cabellera recogida, envuelta en un turbante: una mezcla entre la bailarina rusa Uliánova y Simone de Beauvoir. Íbamos con frecuencia a su casa, un piso grande cerca de la plaza de la Victoria. No era difícil enamorarse de chicas así, pero yo me enamoré de otra.

Yannis y Maya a menudo hacían de pareja en la escuela, aún los recuerdo, ella era Julieta y él, Romeo. Yo solía trabajar con Lida. Si alguien me hubiera visto en ese tiempo, habría visto a un joven no delgado, sino flaco, con el cabello castaño claro rizado y una mirada entre insegura y arrogante, combinación usual a esa edad, es decir, a los diecinueve años. Así fue como me tocó representar a distintos fanáticos, entre otros Gregers –el implacable adorador de la verdad en *El pato salvaje* de Ibsen–, mientras Lida era Hedvige –una niña de catorce años–, que él mutila con sus verdades. Estuvo bien en el papel desde la primera lectura y cada vez estaba mejor, mientras que yo era un pasmarote y el pobre del maestro me aconsejaba que la mirara, que viera cómo temblaba, pero yo no podía. Mis ojos estaban puestos en ella, pero no veían.

Lida no se rindió. Me invitó a su casa para que trabajáramos con tranquilidad. Vivían en un barrio nuevo con casas unifamiliares fuera de Atenas. No había ido antes. El nombre me puso los pelos de punta. Barrio del general Aléxandros Papagos. Me recordó la guerra civil.

El encuentro con la familia de Lida fue un shock. Personas espléndidas, cultas, generosas, liberales, amables y divertidas. Su madre –una bella mujer que rondaba los cuarenta y cinco– era profesora de música. Su padre tenía una empresa propia, una risa propia y un coche propio. Se vestía como un banquero inglés. La abuela, de origen ruso, hacía y deshacía en la casa y horneaba unas empanadas inolvidables. Su hermana mayor iba al Conservatorio, se pasaba horas enteras haciendo gorgoritos con su bella voz, aunque cada dos por tres entraba en el cuarto de Lida, donde luchábamos con *El pato salvaje*.

–¿Qué hacen mis amorcitos? –preguntaba con una sonrisa que disfrazaba sus pensamientos, pero nosotros los conocíamos. Luego se iba. Lida tenía sus libros, sus discos, su gramófono. Era suya la habitación.

¡Qué envidia me daba! Poder cerrar la puerta detrás de ti cuando entras. Al mismo tiempo me sentía inferior. Podía haber leído toda la Enciclopedia *Helios*, pero en casa de Lida hablaban de música, literatura, teatro. Mi hermano y yo, cuando conversábamos, hablábamos del Panathinaikós y de alguna muchacha. Con frecuencia nos peleábamos. Él me llamaba «mariquita», porque iba para actor y yo lo llamaba «maestruuucho» alargando la u para salir corriendo, porque él era maestro. La madre de Lida hablaba de Pushkin y la mía «de la evolución del halvás a lo largo de los siglos en Molaoi», como decía mi hermano. Y con todo me aceptaron como a un viejo y querido amigo. Su abuela, a la que no le gustaba el nombre Theodorís, me llamaba Fedia, y por alguna vaga razón, me gustaba. Aunque, ¿cuán vaga era esa razón? ¿Quién no quiere ser otro o por lo menos ser considerado otro? ¿Qué tan estúpido se ha de ser como para querer ser a toda costa uno mismo?

Era como con la natación. Como ya he dicho, yo no sabía nadar, pero con los años había perfeccionado una técnica para fingir que nadaba. Me apoyaba con un pie en el fondo mientras mis otras tres extremidades hacían la pantomima de la natación. Habría sido más sencillo y más inteligente aprender a nadar en vez de aprender a fingir, pero ¿quién es así de inteligente a los diez-once años?

Mejor, pues, un Fedia, un joven enigmático y romántico, que un Theodorís, hijo de un maestro de escuela en Molaoi, que con dificultad distinguía el piano de la mandolina. A la familia de Lida no le importaba, y a ella, que siempre tenía algo bueno que decir de uno o de otro, con mayor razón. Si alguna rara vez conseguía recitar mi parlamento de una forma no del todo ridícula, se me echaba encima, me abrazaba y sostenía que mi talento era más grande que yo, mientras yo me preguntaba lo difícil que eso podría llegar a ser para cualquier talento. Tenía mis razones.

No era fácil compararme continuamente con ella. Ella era emocionalmente ágil como una hoja al viento, era musical y auténtica de una manera inaccesible para mí. Su personaje se volvía tan abrumador, que yo no podía convertirme en el mío, ella me convertía en un espectador incapaz de dejar de verla, me aturdía y lo único que yo deseaba era arrodillarme a sus pies.

En pocas palabras, una vez más estaba enamorado y el problema era mayor de lo que hubiera querido. Las relaciones amorosas entre alumnos de la escuela estaban prohibidas, todos lo sabíamos, aunque jamás se hubiese dicho expresamente. Además, todavía estaba con María. Habría sido indigno abandonarla, con ella había superado mi fracaso en la universidad, ese que tanto me había costado. Por otra parte, aún la amaba. Mi alma se deleitaba cuando la veía venir después del trabajo con paso rápido, su cola de caballo unas veces arriba otras veces abajo, sus ojos risueños. No era cierto, como nos decían, que un nuevo amor fuera el tiro de gracia del anterior. Podría ser, por el contrario, su continuación. No hay necesidad de «des-amar a uno para amar al otro», como dice una amiga.

Pasé muchas noches en vela. En algunos momentos veía a María frente a mí, en otros a Lida. A María saltar por encima de las hogueras de San Juan. A Lida llegar a nuestra primera cita con un vestido corto –modelo saco, para los que lo recuerdan–, con una sonrisa apenas perceptible en los labios.

Era tremendo, y sin embargo debía tomar una decisión. Renuncié a María. Lida y la escuela me absorbieron. Pasé un buen tiempo sin escribir nada y de pronto cociné una obra de teatro que di a leer a uno de nuestros maestros. No era el momento más oportuno. Koun estaba montando el *Círculo de tiza caucasiano* de Brecht y mi maestro tenía uno de los papeles principales. Varios de nosotros, alumnos, hacíamos de comparsas. Los últimos días antes del estreno nos pasábamos todo el día y casi toda la noche en el teatro. Era la primera vez que se representaba a Brecht en Grecia. Koun estaba decidido a montar un espectáculo inolvidable, y lo mismo queríamos nosotros. Brecht era una nueva voz, que estaba de nuestra parte en cuanto a justicia, libertad, humanismo. Y así, trabajábamos toda la noche, íbamos a casa a dormir un par de horas y luego directamente a la escuela y de ahí a los ensayos. La última noche antes del estreno, Koun se apiadó de nosotros y nos invitó a su casa. A Yannis, a Diagoras y a mí. Los tres guardaespaldas.

Koun vivía en un sencillo apartamento de la planta baja, todos los muebles eran de bambú, y había libros y discos por todos lados.

No hablamos mucho, estábamos exhaustos. Koun fumaba. Puso un disco de un compositor que no conocíamos. Era *Carmina Burana* de Carl Orff. Los impresionantes cantos llenaron la habitación. No ocurría nada más. No se comentó nada importante. Koun nos dijo que el día del estreno no habría que ir a la escuela. Estábamos exhaustos. Sin embargo, salimos de su casa ligeros y felices, casi inmortales.

Había empezado a amanecer, las calles estaban desiertas, una luz rosada en el cielo anunciaba la salida del sol. Un nuevo día, el del estreno. De pronto me empezó a salir sangre de la nariz. Mucha sangre. Nos detuvimos en la fuente del parque y me lavé. El agua fresca me hizo bien. Le hemorragia paró. Nos sentamos en un banco y nos fumamos un cigarrillo. Fue un momento de paz que siempre recuerdo y por el que siento nostalgia. El absoluto cansancio después del trabajo, la ternura discreta del maestro, la música de Carl Orff y la amistad entre nosotros tres fueron el marco de uno de los pocos instantes verdaderamente plenos de mi vida.

6

El maestro nunca leyó mi obra. Nos veíamos todos los días en la escuela, pero ni siquiera tocaba el tema. A dársela al propio Koun, no me atrevía. Dos meses más tarde se la di a otro maestro. Tampoco él la leyó. Fue mi primer desengaño. Vendrían más. Lida, Yannis y Maya se graduaron de actores al cabo de un año en la escuela. Los tres lo merecían. Yannis debutó al lado de Melina Mercouri en *Dulce pájaro de juventud* de Tennessee Williams.

Lida ya era una profesional y nuestros encuentros se dificultaban. De día yo estaba en la escuela y de noche ella estaba en el teatro. Durante un tiempo nos veíamos después de la función, casi a medianoche, cuando ella aún estaba excitada y quería ir a comer algo y a relajarse con sus compañeros. Para mí no era tan fácil. Mi padre pagaba todo, incluidos mis cigarrillos. De modo que me veía obligado a encontrar un montón de excusas para no comer ni beber. Simplemente me sentaba a su lado, silencioso y enfurruñado, con un sentimiento de ineptitud. ¿Cuánto me aguantaría?

Hubo varios intentos para levantarme el ánimo. Un querido tío suyo, por ejemplo, que tenía fama de ser uno de los hombres que mejor vestía en Atenas, se encargó de mi guardarropa. Me llevó con su sastre para que me hiciera una chaqueta, pantalones y camisas. El viejo maestro estaba tomando mis medidas con una entrega casi religiosa cuando de pronto me preguntó:

—Y tú, hijito, ¿eres de izquierdas?

Yo fingí que no entendía la pregunta.

–No me ocupo de política –dije.

Al viejo sastre le divirtió mi respuesta.

–Te haré un descuento, muchacho, por haberme hecho reír.

Una de las manías del tío de Lida era que las camisas debían ser lo suficientemente largas como para que la parte de adelante se juntara con la de atrás por debajo de los órganos genitales. Sólo así evitaba uno arrugarlas. Con el descuento que me hizo el sastre, pude comprarme mi primera camisa rosa. La primera y la última camisa rosa que tuve en la vida, pero me duró veinticinco años. Me la llevé conmigo a Suecia como un colorido recuerdo de la modestia de aquellos años.

Al final, las cosas eran así: yo debía desvelarme para verla una o dos horas, y ella debía privarse de la mucho más agradable compañía de sus colegas para oír mis refunfuños que cada vez eran más atribulados, sobre todo cuando la esperaba en el angosto callejón detrás del teatro, golpeado siempre por un gélido viento del norte.

Lo inevitable no se pudo evitar. Lida se enamoró de un colega joven y guapo, que tenía vello en el pecho y un ritmo espléndido, «bailaba como dios y adoraba el jazz». Y eso bastó. Me quedé hecho polvo. Algo tenía yo también, pero no era ritmo ni bailaba ni me gustaba el jazz. Todo lo contrario. Lo aborrecía.

El pueblo que estaba en mi interior se oponía a la ciudad que estaba a mi alrededor. El hijo del maestro de Molaoi se negaba a cambiar aquello que había heredado por aquello que la ciudad le ofrecía y que nunca sería suyo. Lo negaba todo. La nueva música de la Sexta Flota Americana, como la llamaba, me molestaba con su ostentación de una libertad que sólo era suya. Las cárceles y las islas de destierro aún estaban repletas de presos políticos. Las nuevas formas de amistad me asqueaban. Las fiestas y las reuniones para oír jazz también. Los nuevos cantantes que se movían como barcas en el mar me daban náusea. Los nuevos bailes me parecían ridículos. Los simios habían bajado de los árboles y trepaban al escenario.

En pocas palabras, todavía estaba en mi pueblo, donde un hombre ha de mantenerse erguido como un ciprés e inmóvil como una piedra. Molaoi contra Atenas. Lo viejo contra lo nuevo. Simultáneamente me odiaba a mí mismo, odiaba mi pobreza y mi incapacidad para adaptarme. Los celos me carcomían. Lida se aburría de mí cada vez más y nadie podía culparla, mucho menos yo que echaba mano de todos los medios imaginables para retenerla, desde un refunfuño ridículo hasta tramposas amenazas de suicidio y cosas así. Una tarde esperaba yo a su amante afuera de su casa. Le dije quién era, aunque no hacía falta, le pedí que me enseñara la cama en la que hacían el amor. El apartamento hedía a pies. Me miró sonriendo con soberbia.

–¿Sólo la cama? –me preguntó.

Si hubiera tenido un cuerpo grande, si hubiera sido un hombre fuerte, lo habría molido a palos, pero era una especie de alfeñique escuchimizado con camisa rosa. Eso fue lo que me salvó. Lo ridículo y el sentimentalismo enfermo de la situación de pronto se me revelaron claramente y comencé a reír como un loco. El amante se persignó. No podía creer lo que veía.

De camino a casa, en plena noche, me tocó presenciar el segundo suicidio de mi vida. El primero fue cuando tenía quince años, una tarde en que hacía mucho calor y yo iba de sombra en sombra al colegio. De pronto una puerta se abrió con violencia, una muchacha envuelta en llamas salió a la calle gritando y cayó sobre el pavimento. Varias personas acudieron corriendo. Alguien la cubrió con su chaqueta. Otros se apresuraron a traer agua. Ya fue tarde.

Se abrasó, aunque mejor sería decir que se consumió, como un cirio. Su cuerpo, su joven cuerpo, se derritió como un helado al sol. Al día siguiente leímos en el periódico que la razón había sido un amor desdichado, que en este caso seguramente quería decir que estaba esperando un hijo de alguien que le había prometido casarse con ella y después la había abandonado. Tenía diecinueve años y el olor a chamusquina de aquella carne quemada no me abandonó durante meses. Me preguntaba qué olería la nariz del amante traidor. ¿Cómo podría vivir después de eso? ¿Volvería a estar con alguna mujer? ¿Volvería a sonreír en sueños?

No hagas daño a nadie, no abandones a nadie era la conclusión lógica pero optimista. Eleftería me había abandonado, yo había abandonado a María y ahora me abandonaba Lida. ¿Por qué insistíamos en llamar amor a esa deprimente serie de traiciones? ¿Por qué no cambiábamos de vida?

Con esos pensamientos me dirigía a casa después del encuentro con el amante de Lida. Algo tenía que hacer. Orígenes Adamantius se había autocastrado y había aprendido catorce idiomas. Nos lo habían enseñado en las clases de religión. Quitando el pene, que como «un astro refulgente nos guía», podíamos hacer milagros.

El hombre, que justo en ese momento cayó con un terrible estruendo a un metro de mí necesitaba, por el contrario, un milagro para sobrevivir. Fue un ruido extraño, como si estallara la rueda de un coche. Ningún transeúnte. La calle vacía. Aún estaba vivo, pero los brazos y las piernas estaban rotos. De la parte de atrás del cráneo salía sangre. Respiraba con dificultad, me miró con los ojos llenos de lágrimas y me dijo: «Discúlpame, no quería asustarte». Después cerró los ojos por última vez.

¿Qué hombre o qué mujer, quién o quiénes lo habían traicionado para tener que dar ese verdadero *salto mortale*? Al día siguiente leí en el periódico que se trataba de un hombre de treinta y tres años, padre de dos hijos, desempleado. El desempleo era grande, sobre todo entre los jóvenes, y más todavía entre aquellos a los que el gobierno consideraba políticamente peligrosos. En esencia estaban excluidos del mercado laboral. Cada mañana, temprano, se reunían en la plaza del Ayuntamiento con sus herramientas de trabajo. Albañiles, enjalbegadores, carpinteros, pintores de brocha gorda. Incluso aquellos que no tenían nada más que sus manos. Esperaban pacientemente a que pasara algún empleador. Y sí, siempre llegaba alguno, a menudo en una camioneta; elegía a las personas que necesitaba y los demás continuaban esperando al siguiente empleador, mientras fumaban y conversaban entre ellos hasta la tarde, cuando las «mariposas nocturnas» comenzaban sus desesperanzados ires y venires por la acera, a la caza de algún *marine* norteamericano.

Fue entonces cuando se creó el mito de la prostituta griega feliz con la película *Nunca en domingo*, una de las dos películas que más incomodaron a los primeros emigrantes en Suecia y en otras partes. La primera fue *Zorba*. En pocas palabras, una griega exótica como Melina Mercouri, y un griego más exótico todavía –Anthony Quinn– nos caracterizaban a los ojos de los suecos. La bella y talentosa Melina, con su voz ronca, se convirtió en el prototipo de las menos afortunadas prostitutas de verdad, aquellas que gritaban: «¿No ha habido buena suerte hoy, muchachos?» a los hombres sin empleo, cuando pasaban delante de ellos bamboleándose con torpeza sobre sus altos tacones y aquellos a su vez les preguntaban: «¿Y vosotras, chicas, habéis pillado algún dólar?».

Así transcurría el tiempo, el sol se ocultaba detrás de la Acrópolis y la luz baja y roja los abrazaba a todos, a los desempleados y a los trabajadores, a los hombres y a las mujeres, a los muertos del antiguo cementerio de Keramikós y a las parejitas de enamorados que buscaban refugio en el pequeño bosque de Filopapu, ahí donde alguna vez estuvo la cárcel de Sócrates, ahí donde bebió la cicuta para seguir siendo fiel a las leyes que lo habían condenado a muerte. Uno más que se había suicidado cuando la vida ya no tuvo lugar para él.

Es muy posible que ni a las chicas de los tacones altos, ni a los hombres sin empleo les preocupara todo aquello, pero poco importaba. Aquello existía a su alrededor y apesadumbraba inexplicablemente su corazón y sus pasos cuando con las manos vacías regresaban a su casa donde los hijos los esperaban impacientes y quizá también hambrientos.

No es difícil entender que algunos no lo soportaran y eligieran poner fin a tantas humillaciones y tristezas, como el hombre que había caído sobre el asfalto desde el cuarto piso y me había pedido disculpas por haberme asustado. ¿Quién hace una cosa así? El sometido. El hombre que está absolutamente sometido.

No sería ése mi destino, pero pensaba en ello de manera continua. El suicidio podría ser la liberación de todo. El problema era que el liberado ya no viviría su liberación. ¿Qué sentido tenía entonces? Y sin embargo, dos personas habían elegido ese camino frente a mis ojos. Habían dado el salto, una por culpa de un amor traicionado, otro por la afrenta de la pobreza. Quizá ellos también hubieran pensado como yo hasta el último instante antes de decidirse por la muerte, quizá a ellos también los había tomado por sorpresa su fatídica decisión. «No dejes que la muerte te tome por sorpresa», murmuré. Traición y pobreza también existían en mi vida. De ahí en adelante me vigilaría a mí mismo.

Al volver a casa encontré la ensalada de tomate que mamá había preparado para que me estuviera esperando, cubierta con una servilleta a cuadros. Lo mismo hacía antes, cuando mis hermanos mayores volvían por las noches. Ese sencillo gesto de atención de mamá y la última mirada del hombre que agonizaba se fundieron en mi interior y comencé a temblar, las lágrimas rodaban, una ensalada de tomate era lo que le hacía falta a ese hombre. No obstante, comí con apetito, y el aceite de Molaoi era, como siempre, un puro bálsamo.

Después de la pérdida definitiva de Lida tuve un pequeño éxito en la escuela. Se trataba de un proyecto personal, en el que actuaba de espaldas al público, para ser más exacto, a mis compañeros, que se conmovieron de verdad. «Muy original», dijo el maestro. No excluyo que haya sido así, pero… ¿hasta dónde se puede llegar en el teatro si uno actúa de espaldas?

El triunvirato con Yannis y con Diagoras se había disuelto. El primero había comenzado la carrera y el segundo estudiaba Derecho, además de Teatro, así que ya no tenía tiempo. Sólo quedaba una esperanza. Un nuevo alumno del que se comentaba que pronto publicaría su primer poemario. Era discreto y solitario, no hablaba más que cuando era indispensable, su voz era agradable e interesante, como si estuviera siempre pensando en algo distinto de lo que decía.

Le pedí que me diera a leer algo y aceptó. Desde el primer verso me estremecí. Eran poesías fuertes y tiernas a la vez, escritas con temor, veneración y respeto, no sobre un Dios cruel, sino sobre el pequeño mundo de los seres humanos. Cada palabra era como una pequeña tesela en un mosaico especialmente bello. Eran poesías sencillas y bonachonas, sin interjecciones, sin hacer guiños ni a los iniciados ni a los críticos de poesía. Lo único raro era el consuelo que se sentía por su sagacidad y su hermosura. Consolaban, como una caricia imprevista en la frente.

Aquello era escritura, no los garabatos que yo urdía. Se lo dije y de ese modo comenzó una de esas amistades que no terminan nunca. Era Manos Eleftheríou.

Al mismo tiempo estaba yo desesperado. Algunos reciben dones de los dioses y otros, propinas. Me parecía que la vida no tenía sentido, que no apuntaba a ningún lado. Me quedaba aún un año y medio por delante en la escuela, pero mi sueño de convertirme en actor hacía mucho que se había desvanecido. Tampoco con la escritura iba yo mejor. Pensaba en escribir una obra en un acto sobre el comunista Nikos Beloyannis, «el hombre del clavel», como lo llamaban los periódicos. Había sido condenado a muerte en 1952, tres años después de la guerra civil. Durante el juicio fue valiente y franco. Llevaba en la mano un clavel. Intelectuales de toda Europa se movilizaron para que se le concediera el indulto. Incluso Sartre puso su firma. Picasso hizo un dibujo. Nada ayudó. A las 4.30 del domingo 30 de marzo de 1952 fue ejecutado en Gudí. Eran una hora y un día absolutamente insólitos. Las ejecuciones nunca tenían lugar antes de la salida del sol y nunca en domingo.

Durante mucho tiempo pensé en todo esto. *El domingo y el clavel* sería el título. No sabía a ciencia cierta qué quería decir. Mi maestro, el que no había leído mi obra anterior, haría el papel principal. El éxito estaba casi asegurado.

Podría haber sido un éxito si hubiera sido escrita, pero no lo fue. Cuando no emulaba yo los dramas poéticos de John Millington Synge sobre la tragedia de Irlanda, imitaba la novela *El muro* de Sartre sobre la Guerra Civil española. Me debatía entre ambos como un pez en la red. La única ventaja era que lo sabía, que veía cómo sus palabras ensombrecían las mías.

Con todo, no fue una tarea perdida, porque poco a poco comencé a entender que sólo podía escribir de lo que verdaderamente conocía bien. ¿Qué conocía bien? En el mejor de los casos, mis propias experiencias. No tenía nada más que mi persona. El resto eran estafas, parodias para la gradería, números divertidos. «El hombre del clavel» se negaba a compartir su muerte conmigo y lo dejé en paz.

Mejor volver a las piezas de recambio para automóviles. Mis padres sufrían conmigo. Mamá me consolaba con la profecía de la gitana tía Jrisí. «Un día tu hijo menor te hará famosa.»

Había otros en la familia que también tenían problemas. Su hijo y primo mío, Antonis el de las muchas ideas, había emigrado a Alemania, a algún lugar del Ruhr, pero de pronto se vio aquejado de una insuficiencia renal y tuvo que volver. Sólo con un trasplante podría salvarse. En aquella época, las operaciones de ese tipo no eran de rutina. Al contrario, podían ser mortales incluso para el donante. Su padre, sin embargo, el despreocupado tío Thanasis, no lo dudó. Le dio uno de sus riñones a su hijo. El barrio al completo seguía los acontecimientos. Después de unos cuantos días quedó claro que ambos sobrevivirían.

–Eso sí es una tragedia –dijo mamá.

–Sí, pero con final feliz –dije y pensé que la habría hecho callar. No ocurría a menudo, tampoco en esa ocasión.

–Tarde o temprano todas las tragedias acaban bien –dijo mamá.

Entonces no lo entendí, ahora tampoco lo entiendo, pero pocas palabras me han ayudado tanto en mi vida. Algunas veces se necesita un enigma para poder seguir adelante. Y yo seguí adelante. En el servicio militar.

Existía la posibilidad de solicitar un aplazamiento por cuestión de estudios, pero no tenía sentido. Mejor terminar con el ejército. El servicio entonces duraba de veinticuatro meses en el ejército a treinta y seis meses en la marina y la aviación, que abrían las puertas al imperio de Onassis.

No soñaba con eso. Por ser una persona con «carga política» habría sido muy afortunado si no tenía que pasarme todo el servicio en la frontera limpiando excusados.

Tan mal no fue. Fue peor.

El Centro de Instrucción de los Reclutas en Corinto era la primera estación. Ahí se reunía a cuantos habían terminado el colegio y eran candidatos a reservas como oficiales. Corinto era famosa sólo por sus pasas. El cuartel estaba en las afueras de la adormilada ciudad, en un campo abierto donde siempre soplaba el viento y levantaba polvaredas. A poca distancia de la puerta se reunían un montón de pequeños comerciantes que vendían cigarrillos, peines, preservativos, hojas de afeitar y otras mercancías por el estilo. Naturalmente también estaban las inevitables prostitutas, dos mujeres de mediana edad con huellas de una belleza de la que sólo ellas tenían memoria, pero que se percibía en su mirada, aunque se encontrasen en el escalón más bajo de la jerarquía del oficio, es decir, afuera de un cuartel, ya que los reclutas no eran clientes difíciles. En un carrito tenían lo necesario para su trabajo. Mantas para extenderlas en el suelo, papel, líquido antiséptico para limpiar a sus clientes, preservativos. Cuando se cansaban de estar yendo y viniendo, se recostaban sobre una manta y como éramos candidatos a reservas como oficiales, nos provocaban con las piernas abiertas:

—Eh, mi general, ¿no echas uno aquí con nosotras antes de liarte con los búlgaros?

Era un cálido día de junio cuando me encontré afuera de la puerta con mi maletita barata y mis pocas pertenencias. Carpetas, lápiz y pluma, un peine, dos jabones, un cepillo de dientes y pasta, una botellita de vinagre para los mosquitos y dos libros. Las obras completas de Kavafis y el poemario que me había regalado Elefteria años antes, casi en otra vida. No es que yo los hubiera elegido. Las cosas eran más sencillas. Eran los libros que tenía. Había escrito mi nombre en la primera página y la fecha en que los había adquirido. Los poemas de Kavafis habían comenzado a deshojarse y los mantenía unidos con una cintita. Por el contrario, el otro poemario seguía teniendo la bella cubierta verde, que me hacía pensar en aquella muchachita de trece años y ojos sonrientes que tiempo atrás una tarde, me había dicho: «Puedes besarme, si quieres».

Un letrero grande encima de la puerta daba la bienvenida a los reclutas y consignaba: «Yo odio a los búlgaros. Primero porque son comunistas y segundo porque son extranjeros». Me recordó al improvisado profesor de lógica del colegio que sostenía que «lo bueno y lo bello son lo mejor de todo». Detrás de la puerta nos estaban esperando sargentos y cabos echando espuma por la boca. Inmediatamente nos cayeron insultos, ofensas y un vendaval de órdenes de un sargento bigotón.

Sin darnos cuenta de cómo, ya estábamos en fila frente a tres barberos, vestidos de blanco como enfermeros. Nos cortaron el pelo a rape con unas máquinas grandes como si fuéramos ovejas. «¡Vaya con los pelos que saca Grecia!», decía el sargento. A esto siguió la revisión médica. Tres oficiales y un médico militar tenían el privilegio de examinar nuestros cuerpos desnudos, mientras nosotros, por instinto, tratábamos de ocultar lo más importante.

–¡Abajo las manos, palurdos! ¡Aquí medimos huevos! –espetó el sargento.

La siguiente revisión fue peor. Enfrente de todos y completamente desnudos teníamos que inclinar la espalda cuanto pudiéramos en dirección a los oficiales. Qué querían ver es algo que no entendí jamás. Pero un desdichado no aguantó y se tiró un pedo.

–Aquí hay uno para artillería –dijo el médico y reímos. Pero lo pagamos caro, porque el sargento nos ordenó dar tres veces la vuelta al cuartel, corriendo y gritando: «Aquí dentro no reímos».

Hubo cosas peores. Un recluta tenía sólo un testículo.

–Otro con un solo huevo –refunfuñaron los oficiales–. ¿Cómo vamos a poder con los búlgaros que tienen cuatro cada uno?

Después nos llevaron a recibir el uniforme y las botas. Por regla general nos lo daban uno o dos números más grandes –y sobre todo las boinas– para hacernos parecer más ridículos todavía. Si alguien protestaba, de inmediato el sargento la tomaba en contra suya.

–Disculpe usted, señorita, que los escarpines parezcan quedarle grandes. No sabíamos que tendríamos a Miss Grecia entre nosotros. Haga ahora treinta flexiones para recuperar la cordura. –Y le daba patadas en la espalda para hacer el ejercicio más difícil todavía. Simultáneamente soltaba un discurso–:

–Yo soy hijo de Federica. ¿Sabéis qué significa eso, hijos míos? Significa que tengo el derecho de sacaros las tripas una a una y preparar con ellas un *kokoretsi*, si me da la gana.

Hijos de la reina Federica se llamaba a los huérfanos de la guerra civil. La reina había fundado una organización que los reunía, les hacía un sistemático lavado de cerebro y luego ingresaban en el ejército a partir de los dieciséis años. Con el tiempo podían convertirse en sargentos y sargentos primeros, y eran conocidos como «fiambrereros», porque siempre comían de la fiambrera, mientras los oficiales tenían platos para comer. Aquéllos eran la espina dorsal del ejército y la mano derecha de los oficiales. Cumplían sus obligaciones con meticulosidad, aliento nacionalista y convicción anticomunista. Eran todopoderosos, pero aún no lo sabíamos.

Tuve la mala ocurrencia de señalar que mi boina era más grande que yo. Algunos reclutas rieron, pero no el sargento primero, originario de Veria, que se puso frente a mí, cara a cara, mirándome a los ojos y me hizo una sencilla pregunta:

—¿Me ves?

—Sí, mi sargento.

—¿Ves, entonces, que yo soy un pez muy grande y tú un boqueroncito?

—Sí, mi sargento.

—Muy bien. Como digas una palabra más, te trago.

Y me clavó la culata en el estómago. Estuve a punto de desmayarme.

—¿Te duele? —me preguntó.

No tenía aire para responderle.

—Si crees que esto duele, espérate a que te la clave en el culo, para que veas lo que es dolor.

Nuevamente hubo algunos que se rieron, pero en esa ocasión él había hecho la broma y no tuvo consecuencias fatídicas.

El día no había terminado todavía. Después de la ropa, nos dieron fiambrera, cantimplora y una cuchara. Luego nos llevaron al campamento, barracas de madera con tejado de chapa, un horno en pocas palabras. A mí me tocó la cama de arriba, la de abajo fue para un gordito con gafas al que le habían echado el ojo los suboficiales. Lo llamaban Gordinflas.

De pie frente a nuestras camas vivimos nuevas tragedias. Abrimos nuestras maletas para que fueran revisadas. El Gordinflas tenía dos grandes chocolates que de inmediato fueron confiscados entre risas e insinuaciones. Otro tenía una revista que para la época era atrevida y que, a pesar de que le fue confiscada, le valió el apodo de El Gran Menestral.

Ni yo me salvé. Mis dos libros de inmediato exasperaron al sargento.

—¿Esto qué es?

—Poemas, mi sargento.

—Enséñamelos.

Al ver la dedicatoria de Eleftería, se apoderó de él la necesidad de leerla en voz alta para regocijo de todos. «Para mi amado Thodorís.» Ahí hizo una pausa para preguntar:

–¿Eres tú?

–Sí, mi sargento.

–¿No serás su chulo?

–No, mi sargento.

–¿Qué dijiste?

–No, mi sargento.

–¿Estás diciendo, pues, que miento?

–No, mi sargento.

–Entonces, ¿qué estás diciendo?

Las lágrimas no andaban lejos. Mis ojos se humedecieron y eso lo exasperó todavía más.

–Esto es el ejército. Aquí no se llora. Aquí ni se llora ni se ríe. Aquí se obedece. Eso hacemos y nada más. No leemos poemas. Los sultanes eran analfabetos y nos jodieron cuatrocientos años. Si te pesco con un libro en la mano, vomitarás sangre, te exprimiré hasta la última gota de sudor, y no sólo a ti, sino a todos los demás. ¿Me sigues?

¿Estaría hablando en serio?

–Sí, mi sargento –dije extenuado.

–No oigo.

–Sí, mi sargento –repetí, esta vez con mayor convicción.

Se volvió hacia los cabos y soldados que estaban a su alrededor.

–¿Habéis escuchado algo?

–No, mi sargento –vociferaron y se pusieron en posición de firmes.

En ese momento sucedió algo que no me había pasado jamás. Un torbellino comenzó a crecer en mi interior, se hacía cada vez más impetuoso. Iba desde las plantas de los pies hasta la boca y lancé un grito titánico que hizo que la chapa del tejado se estremeciera.

–¡S Í, M I S A R G E N T O!

Me había llevado a donde había querido. Mi alma había salido volando junto con aquel vozarrón. Dejó caer los libros en mi maleta y continuó con la siguiente víctima.

La luz se apagó a las nueve y media. Habíamos cenado corriendo, habíamos preparado las camas, habíamos bajado la bandera medio muertos de cansancio. Todo el día nos habían perseguido los sargentos y los cabos. Y por fin nos habían dejado en paz. Éramos cuarenta y ocho personas en la barraca. Alguien debía decir algo, pero nadie hablaba. En un solo día nos habíamos transformado en un rebaño mudo. El cuerpo estaba adolorido, los uniformes olían a naftalina, los pies olían peor y el miedo era lo más terrible de todo. Ése fue el primer día. Faltaban setecientos veinte. Por lo menos.

El sargento primero y sus esclavos nos torturaban de la mañana a la noche. Nos despertaban con alaridos y patadas, corríamos como locos a los baños que apestaban, nos perseguían para el desayuno y luego nos perseguían hasta el campo de maniobras con insultos, ofensas y castigos –correr o hacer flexiones– y nos enseñaban lo fundamental para el soldado, a estar en posición de firmes y a desfilar.

Ni siquiera por las noches nos dejaban tranquilos. Irrumpían a la hora que les daba la gana para acabar con nuestras «poluciones nocturnas». Ya la segunda noche enterramos con honores militares a una mosca dentro de una caja de cerillas. Descalzos y con los calzones del uniforme la acompañamos a su última morada en el campo de maniobras. La luna brillaba.

Nuestro capitán no había aparecido todavía, pero a nosotros nos preparaban. «No puedo mostraros al señor capitán si no habéis antes aprendido por lo menos a saludar», nos explicaba el sargento primero. El «salutamiento» como lo llamábamos, tenía una importancia especial. Debías quedarte absolutamente inmóvil, mirar al oficial a los ojos y que la mano en la boina temblara ligeramente a causa de la veneración.

–Y cuando el señor capitán dice: «¡Descansen!», eso no significa que podéis rascarse los huevos. «Descansen» significa «firmes con las piernas abiertas», ésa es la única diferencia. ¿Entienden las señoritas lo que quiero decir?».

A mí me costaba el saludo. El sargento primero decía que parecía yo una puta que le estuviera agitando el pañuelo a un cliente. También el paso marcial me costaba.

–O te pavoneas como un maricón o te doblas en dos como una navaja –me gritaba.

Al final yo ya no sabía dónde poner los pies.

Llegó la hora de que el capitán nos pasara revista. Nuestras botas resplandecían, lo mismo que nuestras recién rasuradas mejillas, los botones, todos, abotonados. Estábamos en posición de «descanso» frente a nuestras camas, que estaban tendidas según todos los cánones, el campamento refulgía. El gran momento se acercaba. El sargento primero estaba haciendo la última revisión. La puerta se abrió, la luz del verano nos deslumbró, como también el capitán. El sargento primero ordenó: «¡Firmes!».

Al verlo nos sentimos aliviados. Era alto, delgado, pero al mismo tiempo su cuerpo emanaba fuerza, una hombría que nos entusiasmó, o por lo menos a mí. Además, usaba unas gafitas estilo Trotski y con sus ojos de color azul grisáceo nos examinaba con manifiesta satisfacción. El uniforme se adhería a su cuerpo, las botas resplandecían. Era simple y sencillamente hermoso. Sí, hermoso. Y eso nos hizo ser soldados más que todos los ejercicios juntos. Pero quizá me equivocaba. Quizá fueran todos los ejercicios los que nos hicieron verlo como a un salvador.

Una cosa no cuadraba. En el pecho llevaba una pluma de plata, el distintivo de los paracaidistas. En otras palabras, pertenecía a la verdadera élite del ejército. ¿Qué pitos tocaba un joven capitán de los paracaidistas en un centro de instrucción donde la mayoría de los oficiales eran de segunda categoría y encima de infantería?

La explicación eran las gafitas estilo Trotski. Sencillamente nuestro héroe no veía bien, lo que en parte explicaba su mirada bondadosa. Se dijo que una enfermedad repentina en los ojos había interrumpido su impetuosa carrera. De cualquier forma nosotros lo admirábamos y estábamos dispuestos a aguantar lo que fuera con tal de complacerlo. Un ejemplo. Nuestra compañía sufría una diarrea colectiva y todo el tiempo teníamos que salir corriendo al baño. En esas circunstancias, eligió una marcha de veinte kilómetros llevando todo el equipamiento. No estaba permitido desaparecer detrás de los arbustos o los árboles.

–Un microbio no va a vencer a mi compañía –dijo.

Todos aguantamos los veinte kilómetros, con veinticinco kilos a la espalda y agudos dolores de estómago.

Ese mismo día se anunció un concurso. La compañía necesitaba una marcha que fuera con la melodía del británico *It's a long way to Tipperary*. Ese concurso lo gané yo. Afortunadamente he olvidado la letra.

Al final del mes tuvimos nuestro primer permiso, unas cuantas horas libres el domingo. A las diez de la noche debíamos estar de regreso y ay de aquel que no estuviera. El sargento primero estaba en la entrada y nos pasaba revista tanto al salir como al volver. El detalle más nimio bastaba para que nos privaran de aquellas tan anheladas horas. Un botón no abotonado, alguna motita de polvo en las botas, un pantalón mal planchado y la salida quedaba prohibida. El permiso era una de sus armas.

–No me salgas con bobadas, porque te dejaré encerrado el domingo –nos amenazaban.

Afuera, en la ciudad, la polvorienta Corinto, estaba al acecho la Policía Militar, que hacía lo que quería cuando quería, y presentaba informes sobre nosotros por cualquier cosa, verdadera o falsa. Que si no habíamos hecho el saludo, que si no lo habíamos hecho bien, que si armábamos alboroto, que si nos habíamos emborrachado… Esos polis eran nuestro terror. Ya sólo sus gorras de visera corta los hacían parecer siempre furiosos. Además, la mayoría habían sido elegidos por su patriotismo o el de sus padres, por sus inclinaciones sádicas, por su falta de educación y por su fanatismo. Los únicos que les oponían resistencia eran los paracaidistas, el orgullo del ejército, que tenían a los oficiales de su parte. «No hacen daño ni a una mosca», nos decía nuestro capitán, el exparacaidista. Corrían rumores de que los paracaidistas les daban tundas a los polis de la Militar. En última instancia ellos habían salvado a la patria de los griegos de Bulgaria comunistas y también de los partisanos y podían hacer lo que quisieran.

Pero nosotros, los otros, no. Nosotros nos conformábamos con pasear por la playa y mirar a las muchachas que no nos miraban, salvo cuando no las veíamos, o con entrar en algún burdel –aquellos que tenían dinero–, o con beber una retsina y suspirar por los días que pasaban sin parar, como un tren nocturno.

En esas horas libres era cuando se despertaba mi cerebro. La ambigüedad de la vida, la tristeza imprecisa, la soledad del cuerpo me hacían buscar las palabras que me liberarían, que harían de mi drama personal una tragedia compartida y de ese modo me vincularían con la humanidad, esa matriz cálida y voluptuosa.

Con la cabeza pesada por la retsina de Corinto y ebrio por el rumor de las olas escribí una frase que pasó por mi cabeza como una golondrina por el cielo veraniego. «Un día me largaré de aquí, echaré una piedra negra a mis espaldas y me iré a donde mis pies me lleven.»

Luego no pude seguir. Temblaba de pies a cabeza, mi corazón iba a todo galope. ¿Sería cierto? ¿Eso era lo que verdaderamente quería? ¿Marcharme? ¿Para ir adónde? No era la primera vez que se me ocurría pensar que quizá existiera una vida para mí en algún otro lugar, muchos miembros de la familia habían abandonado Grecia y otros habían abandonado otros países para venir a Grecia.

Mi padre había dejado Turquía; mi abuelo, Egipto. Dos de mis primas habían emigrado a Canadá; un primo, a Alemania, hechos que me partían el corazón.

La pregunta era un oxímoron. ¿Cómo puede vivir alguien sin su vida? ¿Por eso temblaba y mi corazón latía? La emigración era una especie de suicidio.

Estuvieran como estuvieran las cosas, en un futuro próximo no me iría a ningún lado, sino que seguiría apretujándome con los otros reclutas en la barraca. Nos habíamos acercado, si no por otra cosa, sí porque todo lo hacíamos juntos. Despertábamos juntos, medio desnudos, y con la erección matutina juntos corríamos al baño, donde uno al lado del otro hacíamos nuestras necesidades oyendo todos los sonidos y oliendo todos los olores. Jamás nos convertimos en individuos concretos el uno para el otro, no éramos sino cuerpos animados que comían, sudaban, se quedaban dormidos y roncaban en sueños. Vivíamos como siameses, y no obstante, algunos años más tarde no recordaba ni uno solo de los nombres ni uno solo de los rostros. Los recordaba como a un rebaño con el que uno se encuentra por casualidad en el campo. En pocas palabras, sólo me acordaba del hedor y del polvo. Ni ellos tenían la culpa, ni yo. La violencia nos vuelve irreconocibles.

La instrucción básica terminó al cabo de tres meses con exámenes escritos y orales, que permitirían encontrar a los apropiados para ser reservas de los oficiales. Se sobreentiende que fracasé pese a todos mis vomitivos intentos de aprobar. Una de las preguntas clave era «¿por qué queríamos ser oficiales?». Mi desvergüenza y servilismo adquirieron una nueva altura cuando escribí un ensayo completo sobre Alejandro Magno y la importancia que había tenido en mi vida, sobre todo el hecho de que hubiese cortado el nudo Gordiano con su espada. En realidad, yo lo consideraba un tonto, habría sido mejor que lo dejara para el siguiente y probablemente aún existiría.

Así fue como las Fuerzas Armadas perdieron al nuevo Alejandro y fueron recompensadas con un escribiente en el departamento de Tráfico del Cuerpo de Avituallamiento y Transportes que se quedó en el cuartel de Esparta otros tres meses para más instrucción. La mayoría de los compañeros había terminado escuelas técnicas. Eran mecánicos de coches, electricistas, fontaneros. Intenté acercarme a ellos con mis conocimientos sobre recambios de automóviles, pero no era fácil. Por si acaso, escondí mis dos libros.

Algunas veces la fortuna te sonríe. El verdadero as entre los candidatos a chofer era uno delgadito que se llamaba Takis, capaz de aparcar un camión de los grandes entre dos conos con más facilidad de la que los demás «ponían el culo en una silla», como decía el instructor. Además, transgredía las reglas sujetando el volante con una sola mano, algo que estaba prohibido. «Ni se te ocurra volver a descargar la de la mañana con esta mano», dijo el instructor impresionado y propuso a Takis como suplente del chofer del comandante en jefe. Era un buen puesto, con mucho poder, sobre todo porque el comandante en jefe era un coronel excéntrico, conocido con el apodo de Tres Días de Arresto, ya que así nos castigaba ante la mínima falta. Tenía obsesión con la limpieza y el orden. Todas y cada una de las piedras del cuartel habían sido enjalbegadas, los vehículos se lavaban todos los días. En ningún lado se veía ni una sola aguja de pino. No se toleraba ningún descuido. En una ocasión, incluso su jeep fue castigado con tres días de arresto, porque no había arrancado a la primera. Takis, que era amigo mío, se convirtió en el chofer de ese hombre. ¿Por qué? Porque había tenido a mi padre como maestro en la Escuela Nocturna del Parnaso y «el señor Kallifatides fue el mejor maestro para un bobalicón como yo y me enseñó a leer y a escribir».

Son cosas que no se olvidan. Me tomó bajo su protección, se ocupaba de que me dieran permisos con pernocta y me enseñó a conducir.

Esparta era todavía una empolvada ciudad de provincia, con la diferencia de que había escuchado su nombre desde los primeros años de mi infancia. Mi padre había estado encarcelado ahí, los alemanes lo habían torturado de todas las maneras imaginables, desde azotes con alambre de púas y electrocuciones hasta simulacros de ejecuciones. Me parecía un pecado cualquier diversión en aquella ciudad, pero al mismo tiempo me atraía su historia y daba largas caminatas en busca del pasado que no parecía haber dejado ninguna huella.

Un arroyito de agua amarillenta era lo que había quedado del impetuoso Eurotas de la mitología –allí donde Leto se bañaba y un cisne le hizo perder la cabeza. Un cisne que no era otro que el gran Zeus, que cumplía con su deber de poblar la tierra con todo lo que se movía, y con lo que no se movía también, hasta de una nube tuvo un hijo. Aquí había vivido la bella Helena que fue la causa de la primera guerra mundial y, como consecuencia, de la *Ilíada* y la *Odisea*. Aquí se vivía de manera frugal, con pan seco y sopa negra. En Europa todavía se dice «de manera espartana». Aquí las mujeres usaban túnicas cortas y enviaban a sus maridos e hijos al combate con el único deseo de que no regresaran con una herida en la espalda. Aquí hablaban poco y con precisión, «lacónicamente» decimos todavía. Como por ejemplo la historia sobre la embajada que llegó de Quíos a Esparta para acordar la paz y no paraba de hablar. Después tocaba hablar a los espartanos. El de más edad tomó la palabra: «Lo que habéis dicho al principio, ya lo hemos olvidado. Lo que habéis dicho a la mitad, no lo hemos entendido. Y lo que habéis dicho al final aún lo recordamos, lo entendimos y no estamos de acuerdo».

Adoraba esas historias. No era patriotismo local, sino una economía única de la lengua. Decir más con menos, en vez de decir menos con más.

Continuación de la historia. Los quionios, decepcionados con la respuesta de los espartanos, se emborracharon e hicieron alboroto toda la noche. Al día siguiente, cuando se despertaron, vieron un letrero: «Se permite a los quionios comportarse con indecencia».

Había razones para admirar a Esparta, pero el pasado no anulaba el presente. Las cárceles donde había estado mi padre seguían existiendo con el alambre de púas en el muro y los barrotes de hierro en las ventanas. En la calle, una de cada dos mujeres iba vestida de negro. Uno de cada dos hombres tenía miedo en los ojos. Se sentaban en los cafés con la cabeza inclinada, como si esperaran al verdugo. Sólo una cosa evocaba el pasado: eran de pocas palabras. En ningún otro lugar encontrabas cafés tan silenciosos. Nadie decía nada en el momento en que yo entraba. Cuando ya me habían observado un buen rato con sus ariscas miradas, el de más edad tomaba la palabra.

—¿Tú de quién eres hijo?

Desde pequeño había respondido a esa pregunta. En los años de la guerra civil era decisiva. Una respuesta equivocada podía significar la muerte. Por eso aprendí pronto a distinguir las voces de los enemigos de las de los amigos. Ese entrenamiento me pareció muy útil cuando mucho tiempo después aprendí el sueco. Entendía qué decían, aunque las palabras me fueran desconocidas. Interpretaba las voces y no las palabras. La necesidad y el miedo siempre originan inventos.

Esa pregunta me hizo volver atrás, al miedo del niño pequeño, aunque ahora fuera ya un soldado del ejército griego y la guerra civil hubiese terminado. Laconia, con poquísimas excepciones, era un bastión para los monárquicos, los patriotas y los religiosos, pero debajo de todo eso hervía el conservadurismo y el recelo ante cualquier novedad. Aquí eras siempre el hijo de tu padre y nada más.

Por eso evitaba los cafés y me sentaba en la pastelería de la plaza a la sombra ligera y aromática de los naranjos amargos. Siempre pedía mantequilla y miel. Añoraba oír voces femeninas y tacones, porque los días y las noches en el cuartel transcurrían entre voces salvajes y los pasos pesados de las botas. Era correcto lo que había pensado, las mujeres a mi alrededor hablaban, pero no con la voz juguetona de María, ni con la calidez de Meri, ni con la profundidad sorprendente de Lida. Hablaban con voces altas y un tono quejumbroso que la mayor parte de las veces terminaba con un signo de interrogación. De tanto en tanto reían con la mano puesta en la boca, sopesaban con miradas furtivas a los hombres que pasaban con pasos lentos y las piernas abiertas, como corresponde a los auténticos varones.

También las horas pasaban. Un día llegó una carta del abuelo, quizá la única que escribió en su vida.

querido nieto mio se que estas en esparta y espero que encuentres tiempo para venir a visitarnos a molaoi donde tu abuela quiere abrazarte muy fuerte y a mi me gustaria mucho oir como te va en el ejercito con ese hedor a pies cuando yo era guardia ese era el peor tormento pero ahora no te canso mas te mando un dracma para un cafe piensa en nosotros que te queremos tu abuelo.

Ni signos de puntuación ni acentos ni letras mayúsculas. Era como uno de esos textos antiguos que veíamos en las losas funerarias. En la carta del abuelo había una posdata.

te mando tambien algunos puntos y algunos guiones para que los coloques donde deben ir.

No nos habíamos vuelto a ver desde aquella vez en que él estaba muy enfermo, pero habían transcurrido ya seis años desde la operación de la próstata y él aún vivía. Sentí un dolor en el corazón al pensar en el amado viejo. Sentí otro dolor al pensar en el pueblo, algo que no era únicamente nostalgia.

Mi padre había jurado que no volvería a poner un pie en el pueblo. Tenía dos patrias y en ninguna había lugar para él. Fugitivo de Turquía se volvió emigrante en Grecia. ¿Cómo pudieron sus paisanos comportarse con él como se comportaron? ¿Quién o quiénes lo habían denunciado a los alemanes? ¿Podía haber una explicación distinta a que no era nativo del lugar? Extranjero entre extranjeros en Atenas, contrariado, dolido y orgulloso, se vio obligado a encontrar su patria en su interior. Mamá se vio de pronto en la necesidad de elegir entre su pueblo y su marido. No fue ni fácil ni difícil. Ahí estaban los suyos, su amado padre y su hermano, pero por encima de todo su madre, «esa santa mujer», como decía. «Vuestro padre no quiere volver a ver Molaoi», nos dijo con lágrimas en los ojos y sus palabras echaron raíces en mi interior. Nunca más Molaoi, aunque sólo ahí oliera la tierra tan hermoso después de la lluvia, aunque sólo ahí la alborraja fuera tan tierna y los higos tan dulces.

Deseaba con toda el alma ir al pueblo, pero dudaba por solidaridad con mi padre. Por otro lado, ni el abuelo ni la abuela eran inmortales y hacía muchos años que no los veía. ¿Quién podía estar seguro de que habría otra oportunidad?

Fue el argumento decisivo. La distancia entre Esparta y Molaoi no era descorazonadora. Tomé el autobús un sábado por la mañana, a las siete, vestido con mi ropa de soldado. La indumentaria civil durante el servicio militar estaba estrictamente prohibida bajo pena de cárcel. Las Fuerzas Armadas debían verse, cuanto más, mejor.

El camino atravesaba poblados y plazas donde los hombres, sentados en los cafés, veían a los viajeros con la arquetípica mirada de los campesinos, suspicaz, atrevida y desdeñosa. Nadie es como nosotros. Pero si alguno de los suyos iba en el autobús, de inmediato lo invitaban a sentarse a su mesa para enterarse de las novedades y curiosidades del mundo.

En algunas aldeas ya había incluso monumentos a los caídos en la lucha contra el nazismo y contra el comunismo, aunque en realidad se hubiesen matado entre ellos.

Como soldado, me dejaron en paz. Era una de aquellas mañanas benditas. El sol calentaba, las entinas emanaban su fragancia, el orégano y el tomillo cubrían las faldas de las montañas, la tierra seca evocaba el puño de un jornalero.

Cometí la estupidez de sacar mi libretita y ponerme a escribir. Inquietud generalizada. ¿Qué escribe? ¿Está aquí sentado y escribe? ¿Qué clase de canalla es? Lleva ropa de soldado, pero también mi abuela podría llevarla. ¿Será un espía? ¿Qué es?

En aquellos parajes era prudente entender el mensaje antes de que te lo hubieran enviado. Cerré mi libretita y me puse a conversar con uno de los libros que había leído. Se había vuelto una costumbre. En el ejército no había tiempo para la lectura y me sorprendía que me hiciera tanta falta. Por fin entendí por qué mi padre estaba tan sereno, casi apacible, cuando estaba con su periódico. Pero en el ejército, si te pillaban leyendo, te privaban de tu salida. En el Círculo de Oficiales, que tenía el honor de limpiar –de lamerlo con la lengua como la gata a los gatitos, como decía el sargento primero– no había ni un solo libro, únicamente algunos aburridos fascículos sobre distintas armas y hongos. Una frase se me quedó grabada para siempre en la memoria. «Los hongos en los pies son el talón de Aquiles del soldado griego.» Tenía razón el abuelo. Tremendo problema el hedor a pies.

Mi talón de Aquiles por el momento era *El extranjero* de Camus. Por un lado, estaba encantado con la escritura sobria y su ritmo, por el otro, la catequesis sobre lo absurdo de la vida me parecía más bien coqueta que correcta. El protagonista mata «por casualidad» a un árabe, enloquecido por «la tierna indiferencia» del mundo. Dostoievski había hecho al estudiante Raskólnikov matar a la vieja usurera porque necesitaba dinero, pero también porque la existencia de la anciana no podía ser un obstáculo para sus grandes planes. Era repugnante, pero comprensible. Camus iba más allá. Matas a alguien por la sencilla razón de que lo puedes hacer.

A Kant le sorprendía el cielo cuajado de estrellas que tenía encima y la ley moral que llevaba dentro. Camus no se sorprendía. Para él no existía la ley moral.

No puede ser así, pensaba irritado. Camus sustituía la mitología del destino por una nueva. Le regaló al hombre una libertad sin límites, no agrandando su conciencia, como hacían los antiguos, sino anulándola.

Me sentía enfadado. Y lo demostraba. Hablaba solo y en voz alta: «Ah, qué mierda de imbécil», dije. Mis compañeros de viaje se calmaron. No era un espía, era un lunático.

Por fin el autobús se acercaba al pueblo. Después de la siguiente vuelta –que muy coherentemente también se llamaba

Vuelta– no había vuelta atrás. No había avisado a nadie de mi viaje, no me estaba esperando nadie en la plaza. Así lo había pensado. Un día en el pueblo, una visita breve a mi gente, nada de rituales en el café con efusivos saludos e insidiosas preguntas sobre mi familia y mi persona. Pocas horas y con visibilidad limitada, nada más. Deseaba volver a ser amigo de todo el mundo, pero uno o varios de ellos habían denunciado a mi padre a los alemanes. No lo olvidaba.

El peligro de que me reconocieran no era grande. Habían transcurrido doce años desde aquella mañana en que el abuelo me había tomado de la mano para llevarme a Atenas. Quizá algunos recordaran al muchachito de pelo rubio, pero nadie podría identificarlo con ese soldado veinteañero que, con el corazón galopante, miraba alrededor hacia la fuerte luz. La plaza y los cafés, la iglesia y el patio empedrado, ahí donde había estado a mis siete años temblando como una cigarra mientras el agente del Cuerpo de Seguridad elegía a los que mataría. Un poco más allá, la papelería. Mi padre había pasado en la bodega de ese puesto de periódicos –que entonces funcionaba también como librería–, dos noches, atado de pies y manos, mientras los soldados alemanes, en el piso de arriba, bebían y cantaban bellas canciones germanas. Más a la derecha estaba correos, la agencia de noticias de la aldea. Ahí se recibían los telegramas sobre la pronta llegada de emigrantes millonarios y de inmediato comenzaban los preparativos para darles la bienvenida. Los suelos se barrían, las jóvenes solteras se embellecían, las casamenteras hacían gárgaras con agua y sal para aclararse la voz.

Las miradas me abrasaban, pero yo me había trazado un plan: ver la aldea sin que ella me viera. Con la sartén –es decir, con la boina– en la cabeza y los ojos en el horizonte, atravesé la plaza como un faquir hindú sobre carbones candentes.

El taller del abuelo estaba al lado de la iglesia. Era una choza no muy alta, de piedra, con pequeñas ventanas. Ahí dentro siempre hacía fresco y poca luz. El abuelo había hecho muchos trabajos a lo largo de su vida. Campesino, obrero en los ferrocarriles estadounidenses, albañil y fotógrafo cuando volvió; finalmente se hizo hojalatero. Como fotógrafo ganó mucho dinero durante la ocupación, cuando la gente se vio obligada a hacerse identificaciones. De aquel dinero no sacó ningún provecho. Lo metía en bidones de gasolina y lo enterraba en la finca, en espera de que llegaran tiempos mejores. Pero lo único que llegó fue una terrible inflación que volvió el dinero inútil y la abuela refunfuñaba porque no le había hecho caso de comprar algunos metros de tierra.

–¿Qué voy a hacer con la tierra, María? Con dos metros alcanza para mi tumba –le respondía.

Todos los días, después de la escuela, iba a ver a mi abuelo. Sólo me quedaban él y la abuela. El resto de la familia estaba en Atenas. El abuelo siempre tenía caramelos, mucho tiempo después entendí que no era sólo para complacerme. Siempre me daba uno: «para que se te endulce la boca», me decía, y luego me enviaba con la abuela, que me esperaba fuera de casa con las manos en su delantal negro, bajita, delgada, con los ojos ardientes y la boca desdentada. Había perdido los dientes desde su juventud. Con los años las encías se habían vuelto cortantes como cuchillos, algo que nos pareció muy útil en tiempos de la gran hambruna, porque la abuela, junto con otras mujeres del pueblo, se iba al monte a recoger hierbas silvestres y raíces comestibles que «premasticaba» con paciencia y con dolor hasta volverlas una papilla para nosotros los pequeños.

Mi plan de no personarme me pareció de pronto repulsivo. La idea era recorrer mis huellas como un fantasma, dejando tras de mí un enigma: ¿Quién sería aquel soldado? ¿De quién sería hijo? Los aldeanos hablarían de ello en el café y en los dormitorios, harían un montón de conjeturas, le preguntarían al pope, el jefe de la guardia se rascaría la calva porque era fuereño y no conocía a la gente. En pocas palabras, al irme dejaría la duda y eso era precisamente lo que quería, pero mi intención se disolvió como el humo cuando vi a mi abuelo inclinado en su banco sin hacer nada, como si se mirara las manos.

El tiempo le había sustraído todos sus quehaceres. Su cámara fotográfica con su bolsita negra de paño y su funda, se llenaban de polvo, y las lámparas de petróleo habían sido sustituidas por vulgares bombillas. El abuelo no logró adaptarse, y el taller pasó a manos de mi tío que era fontanero y electricista. Él compró, incluso, una camionetita para ir de pueblo en pueblo. Poco a poco pero con paso firme acabó por remplazar a su padre. Primero, cuando los aldeanos tenían algún problema técnico, decían: «Vamos a preguntarle al tío Stelios». Era mi abuelo. Ahora decían: «Vamos a preguntarle al tío Lampis». Era su hijo.

Había cierta hermosura en eso. Y cierto alivio en que el hijo continuara el trabajo del padre, aunque las condiciones fuesen distintas. Yo no continuaría el trabajo de mi padre. Pero heredaría su destino. Un día también yo sería emigrante y extranjero.

El abuelo rompió a llorar como un niño pequeño cuando me vio. La abuela no derramó una sola lágrima. Únicamente me dijo: «Estás flaco como una chicharra», e inmediatamente puso sobre la mesa el pan que había hecho ella misma en su horno, feta, aceitunas, tomate y cebolla, mientras el abuelo, gran cocinero, hacía una tortilla a su inimitable manera. Sólo Dios y él sabían cómo conseguía que fueran tan esponjosas por dentro y, al mismo tiempo, tan crujientes por fuera. En América, durante un tiempo había trabajado como cocinero y según él mismo contaba, había hecho historia con su cordero al horno envuelto en papel periódico, su pollo en salsa de tomate y sus *kadaif*.

Al cabo de poco se presentó mi tío, un hombre con unas ínfulas especiales. Parlanchín, fanfarrón, con una voz fuerte que, entre otras cosas, se escuchaba cada domingo en la iglesia porque era salmista, conservador, de buen corazón en el fondo, pero a menudo un cínico. En cuanto oyó que iba yo para actor, perdió el habla y, para complacerlo, alabé su coche. Siempre sentí admiración por él. Había estado en el frente albanés en 1940, y en casa había una fotografía suya con su traje de campaña y una gran sonrisa.

Mi tío no se quedó mucho tiempo –en algún lado lo esperaban– pero al irse me puso en la mano un puñado de monedas.

–No sé cuánto es, pero en todo caso alcanza para un café. Para que te acuerdes de mí.

Luego, se fue. Para mí aquello era una pequeña fortuna. Su gesto tenía su estilo. Pero algo no me cuadraba. Ni él ni el abuelo me propusieron ir al café a saludar a uno o a otro, en pocas palabras, a que me vieran. Estaba clarísimo y era doloroso, pero no me sentía decepcionado ni de mi tío ni de mi abuelo. Me estaban protegiendo de la única manera que lo podían hacer: ocultándome. Lo mismo, por otro lado, hacía yo.

No fui a la plaza, me quedé en casa con mis abuelos hasta que cayó la noche. Una noche molaoita con una luna más grande que mi boina y con estrellas que brillaban como pececitos plateados.

La abuela decidió complacerme y me tendió la cama en la terraza. Hacía muchos años que no había dormido cobijado por el cielo del pueblo. Para ser exactos, desde que era un niño pequeño y el abuelo hacía las camas arriba en el castaño, el que decían que tenía cuatrocientos años. En la finca de San Pedro, donde pasábamos los veranos.

Cuando eres joven, aun el ayer te parece un pasado remoto. Con todo, no había olvidado nada. Y menos aún a la bisabuela que administraba la finca como un sargento y perseguía a nietos y gallinas con una vara larga. Rara vez nos llamaba por nuestros nombres, nos había puesto apodos. Le molestaba mucho verme correr en calzoncillos, aunque era un niño pequeño. Ella era incorpórea. Lo único que se le veía era la cara –ni siquiera los cabellos, porque usaba una pañoleta negra– y las manos. Todo lo demás estaba cubierto por largos vestidos negros y delantales. Lo mismo es válido para mi abuela. La primera mujer que adquirió cuerpo fue mi madre, con sus brazos desnudos, bien torneados, y su pecho inequívoco debajo del ligero vestido veraniego.

¿Fue una época feliz? Quizá. Algunas veces me llevaba yo un sopapo de Stelios. Yorgos era mucho mayor y no se metía.

Acostado en la terraza miraba las estrellas, oía a las cigarras y algún ladrido lejano. Era como si levantara la tapa de un pozo y en el fondo brillara vagamente el agua invitándome con su lozanía y su frescura. En ese pueblo estaba mi lugar en el mundo.

El autobús partiría a las seis de la mañana. Mi abuela me despertó media hora antes para que tuviera tiempo de llevarme algo a la boca. ¿Cómo se despertaba ella? Es algo que nunca entendí. No había despertador en casa. Poco después apareció el abuelo con su pipa que encendía con un fósforo. Cuando era pequeño, los fósforos eran un lujo.

Los tiempos habían cambiado. La gente comenzaba a jugar con las cerillas y las encendía para pasar el tiempo. Quizá fuera el comienzo de una nueva época. Jugar con fuego.

Los abracé y me abrazaron. No me imaginé que ésa era la última vez que lo veía.

Primero murió el abuelo. Yo ya me había ido a Suecia. No asistí a su entierro. Cuando lo estaban bajando a la fosa, la abuela se inclinó y le susurró: «Nunca hiciste caso de mis palabras, viejo. Pero esta vez, quiero que me obedezcas. De hoy en un año ven por mí».

Y, sí, la obedeció. La abuela murió un año más tarde. Tampoco asistí a su entierro.

Después de Esparta, fui trasladado a Tesalónica como escribiente de los desplazamientos de las ambulancias, cuyos choferes eran considerados de los mejores y estaban acostumbrados a hacer lo que les venía en gana. No les causaba yo problemas y lo pasábamos bien. Eran buenos chicos, me veían con indulgencia como intelectual y casi oficial, mientras yo no olvidara ese «casi».

No había un puesto mejor, porque mi hermano Yorgos vivía ahí con su familia, y también porque la ciudad ocupaba un lugar especial en mi corazón que, tras seis meses de lavado de cerebro, se había vuelto desmesuradamente patriótico. Había una canción muy popular que siempre que estábamos bebidos cantábamos y quizá por eso no recuerdo más que las dos primeras palabras: «¡Be-e-e-e be-e-ella Tesalónica!».

No me decepcionó. El paseo marítimo tenía una hermosura inusual. Por un lado, la inmovilidad de las casas señoriales y por el otro el movimiento incesante del mar. Las muchachas iban y venían cogidas de la mano, mientras que los muchachos se tomaban de los hombros, como si estuvieran borrachos. Había restaurantes con manteles y camareros con camisas blancas, pero pocos de nosotros, que hacíamos el servicio militar, teníamos dinero para cosas así. Íbamos a tabernas más alejadas, pero ahí también la morralla desprendía un olor delicioso y la retsina emborrachaba. El paseo terminaba por lo general en la Torre Blanca, que en realidad era gris, tenía treinta y cuatro metros de alto y setenta de perímetro. Antaño, durante un tiempo fue utilizada como campamento para los jenízaros y, durante otro, como cárcel para los presos de larga condena.

Todo se olvida pero nada se pierde. El sueño de los romanos de dominar el mundo había sido olvidado, pero la Vía Egnatia, una de las vías más grandes que construyeron, todavía pasaba por el centro de Tesalónica. Si uno sigue su empedrado, más tarde o más temprano llega a Roma. Ese anhelo lo tenía, pero por el momento me bastaba con ir a casa de Yorgos, mi medio hermano.

Era doce años mayor que yo y la vida lo había hecho sufrir. A cambio, le había regalado el amor más grande, a Ioanna con sus dulcísimos ojos, a la que había encontrado durante su infortunado servicio militar.

Una mejor compañera no habría podido encontrar. A su lado y con su ayuda curó su alma consumida. Su vida nunca fue fácil. A los dos años perdió a su madre. Mi padre se hizo cargo de él solo, hasta que se casó con mi madre y Yorgos, durante mucho tiempo, la consideraba una nana y le preguntaba: «¿Has venido a jugar?».

Nuestra sensible madre lloraba cada vez que oía esa pregunta, como lloraba cada vez que se acordaba de él. «Me daba mucha lástima el pobrecito.»

Después vino la operación del angioma que tenía en el labio superior. El cirujano se vio obligado a cortarle la mitad. Le costaba trabajo hablar y le costaba trabajo mirarse al espejo. Hubo que operar de nuevo. Los médicos tomaron piel de la parte posterior del brazo. La operación se hizo lo mejor que se pudo en las condiciones de aquel tiempo. Yorgos adoptó la costumbre de taparse la boca con la mano cuando reía. La cicatriz del brazo no desapareció jamás.

La diferencia de edad entre nosotros era muy grande para que pudiéramos acercarnos. En mi vida él existía más como una ausencia. Y, no obstante, lo amaba. Sus ojos sonrientes, de un gris azulado, eran los de mi padre y tenía una abundante cabellera rubia en bucles. Decían que a las muchachas les gustaba. La bisabuela lo había bautizado como Mujeriego.

Su sueño era estudiar Derecho, ser abogado. Un sueño que no se realizó. Se casó con Ioanna y se mudaron a Tesalónica, donde Yorgos encontró trabajo como cobrador en los autobuses Tesalónica-Kilkís. Trabajaba concienzudamente y con miedo en el alma, porque en Kilkís operaba un fanático anticomunista y su pandilla tomaba con frecuencia el autobús, y Yorgos no se atrevía a pedirles el billete. Eso hizo que le tuvieran confianza y que entablara relación con muchos de ellos, aunque por dentro temblara de miedo. Algo debió escapársele algún día, en algún momento debieron haber entendido que no era uno de ellos y se volvió absolutamente indispensable que se tapara la boca con la mano. Así vivía, pero su cálida sonrisa, sus buenas maneras y su inglés fueron apreciados y le dieron un puesto en la oficina. Poco tiempo después ya era cajero y contable.

No vivían con opulencia, pero vivían. Siempre con serenidad y cariño entre ellos. Dejé atrás la Vía Egnatia que llevaba a Roma, y me dirigí a casa de Yorgos.

En mi interior se cocinaban a fuego lento siempre las mismas tres grandes preguntas. ¿Quién y por qué había denunciado a mi padre con los alemanes? ¿Qué había pasado con Stelios en el pueblo? ¿Qué le había pasado a Yorgos durante el servicio militar? Algún día tendría que saber la verdad.

Aquella noche cenamos tarde, conversamos mucho, bebimos un poco. Como de costumbre –cuando bebo– me quedé dormido antes de poner la cabeza en la almohada y también, como de costumbre, desperté dos horas después como si me hubiesen echado agua. Eran alrededor de las tres. La casa estaba en silencio. Todos dormían. Con sumo cuidado salí al patio a fumar. En el cielo había miles de estrellas, unas más brillantes que otras.

Era difícil ser griego. Los primeros griegos no se conformaron con colonizar Asia Menor y el mar Negro, Sicilia, y el norte de África. Hasta del cielo se habían apoderado con sus mitos sobre cazadores, sus perros, dioses y diosas, ninfas, hermanas infelices y amantes desdichados. Me había cansado de ser griego. Veía las Pléyades y tenía la impresión de que me sacaban la lengua.

–¿Tampoco tú puedes dormir?

Era Yorgos.

–A menudo me pasa, cuando bebo.

Sonrió sin olvidar cubrirse la boca con la mano.

–Ojalá para mí fuera igual.

Había una continuación en su respuesta y quería oírla.

–No he dormido más de una hora seguida desde hace diez años. En cuanto me quedo dormido, se me echa encima todo aquello. Como si estuviera viendo una película en la que actúo. Sé que te preguntas qué ocurrió entonces, lo veo. Les pedí a papá y a mamá que no te dijeran nada, quería decírtelo yo. Sabía que llegaría ese momento.

El momento había llegado. Yorgos siguió hablando casi contento de haber roto diez años de silencio.

La guerra civil estaba terminando. Los guerrilleros, vencidos, habían abandonado las montañas después de un bombardeo de semanas enteras, por tierra y por aire. Hasta las bombas de Napalm, entonces nuevas, habían sido usadas. La guerra estaba perdida. No había más opción que huir a Albania, Bulgaria, Yugoslavia y otros países del Este, donde los esperaban nuevas pruebas, porque nadie los quería. El ejército con sus «operaciones de limpieza», intentaba pillar a todo el que podía.

Yorgos estaba en una patrulla que consiguió arrestar a dos jóvenes guerrilleras. Estaba comenzando el invierno, en las montañas acababa de caer la primera nieve. Las mujeres estaban agotadas, hambrientas, ateridas de frío y aterradas. Al mismo tiempo eran jóvenes delgadas y bellas. Fueron interrogadas brutalmente, pero no tenían nada que decir. Habían perdido todo contacto con su unidad.

–De acuerdo, pero ¿qué hacían ahí? ¿Se las follaron todos o sólo el comandante? –guaseaba el capitán, prohibiéndoles simultáneamente que contestaran porque no quería oír sus mentiras, estaba harto de las mentiras de los traidores de la Nación. El interrogatorio no fue sino una burla de dos horas y la decisión del capitán no fue sino la consecuencia lógica de su rabia, su anticomunismo y su misoginia.

Dio orden a sus hombres para que hicieran con ellas lo que quisieran. Y lo hicieron. Les desgarraron la ropa y las violaron repetidamente de todas las maneras posibles acompañados por los gritos de aprobación y los gestos de los otros.

Sólo uno se negó a participar en la orgía. Mi hermano.

Por ese delito lo hicieron pasar dos veces por un tribunal militar y dos veces lo condenaron a muerte.

–En cuanto cierro los ojos, me persigue todo aquello. Oigo los lamentos y los llantos de las mujeres. Veo a mis compañeros caerles encima como lobos y al mismo tiempo avergonzarse de lo que hacían. Quiero detenerlos, pero no puedo. Lo único que puedo hacer es mantener los ojos abiertos.

En ese instante atravesó el cielo una estrella, tan rápido, que no alcancé a pedir un deseo. No sabía si a mi hermano le había dado tiempo, pero ambos sabíamos cuál habría sido nuestro deseo: que lo pasado hubiese sido un sueño.

Simultáneamente, había una pregunta que me abrasaba.

–¿Cómo tuviste el valor de negarte? En ese momento tenías diecinueve años, eras menor de lo que soy yo ahora. Todos los demás obedecieron la orden. Tú no. ¿Por qué?

No sé qué respuesta esperaba, pero en todo caso no la que obtuve.

–¿Qué habría dicho papá?

Ésa fue su respuesta.

¿Qué habría dicho papá si su hijo hubiese elegido salvar su pellejo? Ambos sabíamos lo que papá habría dicho. Quien prefiere su pellejo a su calidad humana, no es una persona. Era la medida tajante de nuestro padre. Te sacrificas en aras de los tuyos, mueres en aras de tus ideas. Era así de sencillo, pero naturalmente no era tan sencillo. Porque cuando uno está dispuesto a morir por algo, por lo general está dispuesto a matar por lo mismo.

Esa noche hablamos mucho. Era probable que la situación de Yorgos fuese peor si hubiese participado en la violación colectiva.

–¿Cómo sería hoy si hubiera obedecido entonces? ¿Dormiría más tranquilo por las noches? –se preguntó, mientras la colonia griega del cielo iba haciéndose cada vez más luminosa.

Yorgos preparó café para los dos. No fumaba, pero era adicto al café de la mañana.

Aquella noche, de medio hermanos nos volvimos hermanos completos. ¿Se acordaba de su madre, a la que había perdido a la edad de dos años?

No, no la recordaba. Con todo, siempre supo que nuestra madre no era la suya. Otra mujer, ya olvidada, lo había amamantado, lo había arrullado.

–Es un agujero negro en mi corazón, pero huele bien.

Ese olor lo encontró de nuevo en su mujer, Ioanna.

En su casa había serenidad y ahora sabía por qué. Mi hermano creció a mis ojos y, cuando finalmente asomó el sol por entre la niebla matutina, me parecía estar viéndolo por primera vez. Un hombre de treinta y dos años, con el labio mutilado y el corazón herido, y sin embargo lleno de amor, entusiasmo y sencillez. Así viviría hasta una mañana, cuarenta y seis años más tarde, en que se hizo su café y se sentó en el sillón a bebérselo. No le dio tiempo ni de probarlo. Algo se le reventó dentro y dejó esta vida sin que nadie se percatara.

8

En Tesalónica aquel verano había un festival de teatro. El Teatro de Arte de Károlos Koun participaba. Contentísimo, en cuanto tuve oportunidad corrí para ver a mi amigo Yannis y asistir a la función. Pero ya en la taquilla, donde mostré la identificación de la escuela para entrar gratis, tuve una sensación extraña. El taquillero que me conocía bien, no me saludó, se limitó a hacerme con la mano un gesto de que pasara.

Debía ser una hora antes de la función. Hacía una tarde cálida y apacible y Yannis estaba sentado un poco aparte. Se alegró de verme, pero había algo esquivo en su mirada que por lo regular era cálida.

La explicación salió a la luz poco tiempo después. Károlos Koun apareció de pronto y comenzó a dar vueltas alrededor de nosotros como un tigre en busca del mejor punto de ataque. Finalmente, vino directo a mí pálido como la cera.

–Usted, señor Kallifatides, no tiene ningún derecho a estar aquí.

Todos lo oyeron. ¿Por qué no se habrá abierto la tierra para tragarme y evitarme una vergüenza como ésa? Mi corazón latía con una rapidez inaudita, parecía que fuera a estallar, no había una sola palabra en mi cerebro. Me fui como un perro apaleado sin despedirme de nadie.

¿Qué había pasado? Quizá Yannis supiera algo, por eso había sido tan cauteloso. Medio enceguecido por las lágrimas fui caminando hasta el cuartel. ¿Qué había hecho? A pocas personas estimaba y respetaba tanto como a Károlos Koun. Jamás había dicho nada malo sobre él o sobre su teatro. La razón de su furia, que me sumió en la más profunda desesperación, era un misterio y siguió siéndolo incluso hasta años más tarde, cuando lo volví a encontrar. En esa ocasión en Suecia, donde dio una función gloriosa. El público, entre los que se encontraban conocidísimos actores y directores suecos, no entendía ni una sola palabra de Aristófanes, pero el ritmo y el gozo de la función fueron contagiosos. El aplauso no terminaba.

Pero Koun no estaba bien e ingresó en el mejor hospital de la ciudad para hacerse análisis. Yo iba a visitarlo todos los días. Me pidió leer algo mío. No se había publicado nada en griego todavía, así que le di una novela traducida al inglés. La leyó rápidamente y la alabó mucho, pero de lo que había ocurrido en el pasado dijo sólo con cierta tristeza: «Fui injusto contigo». Eso fue todo; para mí, sin embargo, fue suficiente. Habría sido mejor si se hubiese dado cuenta aquel verano en el que mi carrera teatral terminó antes de haber empezado.

¿Qué haría después del servicio militar? Acostado en la estrecha cama del cuartel pensaba en las palabras de Stelios: «Grecia no tiene lugar para nosotros». Parecía inevitable. Un buen día lanzaría una piedra negra a mis espaldas y dejaría este país, abandonaría «el valle de los lamentos». Me iría lejos, lo más lejos que pudiera. Desaparecería en Canadá, donde estaban mis primas, o en Brasil, donde estaba una muchacha del barrio que se había casado con un industrial zapatero.

Pero otro viaje, menor, se me atravesó. Nuevamente fui trasladado. De Tesalónica a Rentina, un pueblecito en las faldas del monte Athos. En pocas palabras, más cerca de Dios y más lejos de los hombres. ¿Cómo iba a salir adelante?

Rentina era un centro de instrucción para oficiales que querían servir en las Fuerzas Especiales de Montaña. Los instructores eran suboficiales y soldados rasos que no perdían la oportunidad de provocar a sus superiores. Los ejercicios eran extraordinariamente peligrosos. Escaladas en rocas verticales, pasos por encima de precipicios y despeñaderos con cuerdas y otras cosas del género.

Lo peor de todo era cuando se les obligaba a permanecer ocultos en el bosque, sin agua siquiera, durante días y noches enteras y pobre de aquel al que encontraran.

Los instructores eran unos viles canallas. No tenían consideración por nadie, se paseaban por el cuartel medio desnudos, insultaban a los oficiales que instruían y cada dos por tres iban a una taberna en Stavrós –una aldea un poco más grande– y de ahí, por lo general, volvían arrastrándose. Al comandante del cuartel, un teniente coronel, sólo le importaba cómo separar «el trigo de la avena», según decía.

Había una excepción. El cuartel tenía su propio médico debido a los muchos accidentes y pequeñas lesiones. Ese hombre joven fue mi salvación. Nos hicimos amigos, algo que los demás no veían con buenos ojos, porque él era oficial y yo un simple escribiente. ¿Qué estaba pasando? ¿Estábamos follando? El médico estaba al tanto de los rumores, pero no le importaba. Siguió invitándome a su consultorio donde nos quedábamos hasta bien entrada la noche. Había leído mucho, pero no literatura, porque detestaba todas las artes. «Son una pérdida de tiempo, como bien decía Pascal. ¿El teatro? ¿Qué sentido tiene? Todo el mundo hace teatro. ¿La pintura? Los árboles pintados no dan sombra y nadie ha nadado nunca en mares dibujados. ¿La poesía? Mejor los maullidos de un gato.»

Me ponía hecho una furia, sí, pero no tenía nada que decir. Todos los posibles argumentos presuponían el sentido del arte, y eso era exactamente lo que él cuestionaba.

–Los seres humanos pueden vivir maravillosamente bien la vida sin novelas ni cuadros ni tragedias, por no hablar ya de las comedias. Lo único que necesitan es alguien a quien amar y que los ame.

–¿Por qué empequeñeces la vida? –protestaba yo.

–¿Y tú? ¿Por qué la adornas como a una gitana?

Mi amigo soñaba con una vida auténtica «sin baratijas». Venía de una familia pobre, que carecía de los medios para enviarlo a la universidad y que pudiera convertirse en un médico de verdad, pero cursó la Escuela de Medicina Militar. Al cabo de algunos años dejaría el ejército, se casaría y se retiraría a algún pueblecito pequeño para hacerse cargo ahí de los enfermos, amar a su mujer y a sus hijos, si llegaba a tenerlos. Quería morir tranquilo abrazado por su mujer sin haber leído una sola novela.

–Tú, por el contrario, vivirás siempre de historias ajenas. Una vida de segunda mano, como una chaqueta usada.

Así solían terminar nuestras conversaciones y a mí me dejaban intranquilo e inseguro. Un día llegó una ayuda imprevista. Recibí una carta de Manos Eleftheríou. Él también estaba haciendo su servicio militar, pero no había dejado de escribir. En el sobre venían, además, dos nuevos poemas.

Los leí con el alma en vilo. Esa misma noche se los leí al médico, seguro de que se reiría a mis costillas. Me equivocaba. Se puso palidísimo y con ojos brillantes dijo en voz muy baja, como no queriendo oír lo que decía:

–¡Qué dolor!

–¿Entiendes ahora por qué necesitamos el arte? –dije triunfante. Esbozó una sonrisa triste.

–¿Y tú entiendes por qué no lo necesitamos?

Pocos días después fue transferido a otra ciudad. Nos perdimos de vista.

A lo largo de todo el año en el ejército no había escrito nada más que unas cuantas líneas, no había leído nada que valiera la pena. Había caído en la vulgar lucha cotidiana por una mejor ración, por mejores horas de guardia, por un permiso de vez en cuando. Después de tanto tiempo era veterano y experto. Los deberes principales del soldado eran sencillos: hacer la pelota y callarse la boca. Uno se acostumbra. Vives junto con otros hombres de tu misma edad, bromeas sobre las mujeres, te emborrachas cuando se presenta la oportunidad, te masturbas y cuentas los días. Los poemas de Manos me recordaron la otra vida que había vivido, me recordaron los tiempos en que había sido otro, pero aquellos tiempos ya habían pasado.

¿Volvería a ser el hombre que había sido alguna vez?

9

Me quedaban aún quince meses. Acabarían siendo más. Entre tanto, pasaba mis días en Rentina esperando las cartas de mi padre, que llegaban cada semana, y los poemas de Manos, que llegaban de tanto en tanto. Me hacían falta las conversaciones con el médico, pero había hecho un nuevo amigo. Un chico de las montañas de la Grecia del Norte que iba conmigo a Tesalónica como ayudante cuando yo iba a hacer las compras para nuestra unidad. Finalmente, eso era lo único de lo que me encargaba.

La ciudad no lo asustaba, a pesar de que había crecido en un pueblecito con ciento cincuenta habitantes, de los cuales la mitad eran cabras. Miraba alrededor con unos ojos que se le salían de las órbitas y parecía divertirse. Un día nos encontramos afuera de un cinematógrafo donde estaba expuesto un afiche con la archiconocida fotografía de Marilyn Monroe y su vestido blanco levantado.

–A ésa me la he follado –me dijo de pronto.

–En sueños.

–Exacto –me respondió con absoluta seriedad, sin tomar en cuenta la diferencia entre sueño y realidad. Y continuó–: La única diferencia es que ella no lo sabe.

Si alguien es completamente inocente, quizá suceda así. Esa inocencia podría ser el paraíso perdido. No sólo la vida es un sueño, sino que el sueño es la vida.

Así pasaron todavía varios meses cuando, con la ayuda de mi amigo Yannis, que entretanto se había vuelto un actor muy conocido, fui trasladado a la Bodega de Combustibles 783 en

Atenas, no lejos de aquella roca donde la diosa Demetra se había sentado a descansar y a llorar a Perséfone, su hija perdida. Esas pérdidas a todos nos entristecen, mortales e inmortales.

Había echado mucho en falta mi ciudad, como también a mi familia. Mamá me abrazó durante tanto tiempo que casi me quedé dormido. Mi padre seguía siendo el mismo, y de nuevo se encargó de «vigilarme». La primera noche en casa fue como si hubiese recuperado el paraíso perdido. A la mañana siguiente debía presentarme en mi nueva unidad muy temprano y papá me despertó con esa voz que no he olvidado jamás. Susurró mi nombre para no molestar a mamá, ya había preparado el desayuno, es decir una taza grande de café, pan y feta.

Tenía la esperanza de volver a escribir, pero mi corazón estaba seco. En una ocasión vi a María en la calle, sin atreverme a hablarle. En otra ocasión fui al teatro y vi a Lida. Y fue muy triste verla así de esplendorosa e igualmente inabordable, aunque supiera el sabor que tenían sus labios.

En la ciudad y en el barrio habían cambiado muchas cosas. Había más automóviles, motocicletas, un nuevo colmado y un nuevo cinematógrafo. Por fortuna el café de don Jimmy no había cambiado, aunque aquí y allá lo amenazaban nuevas construcciones. Aquí y allá demolían casas viejas y construían edificios. Los nuevos señores eran los contratistas de la obra y los albañiles que subían y bajaban por los andamios con el torso desnudo silbando cuando pasaba alguna mujer bella o gritándole despreocupados cualquier terneza.

Toda esa actividad, sin embargo, era un fenómeno de las grandes ciudades. Las ciudades más pequeñas, las aldeas y los pueblecitos, se vaciaban de gente, muchos se hacinaban en las ciudades y otros emigraban al extranjero; también emigraban quienes, por motivos políticos, no encontraban trabajo. Eran tiempos desasosegados. Las elecciones se aproximaban y yo votaría por primera vez. El gobierno de derechas hacía lo que podía para ganarlas. En el cuartel nos lavaban el cerebro sobre los peligros del comunismo.

Unos días antes de las elecciones, el responsable de nuestra educación nacionalista me invitó a su despacho. Era un lugarteniente de mediana edad, militar empedernido que jamás llegaría a ser otra cosa que lugarteniente. Eligió jugar con las cartas descubiertas.

–Escúchame bien, Kallifatides, yo sé perfectamente qué clase de zorra eres. Tengo todos los datos en esta carpeta. Desde que ibas al colegio. Te relacionas con comunistas y con homosexuales. Sin embargo, estoy dispuesto a hacer la vista gorda, si me das tu palabra de que votarás correctamente. Si llega a haber aunque sólo sea una papeleta roja en esta unidad, me mandarán de vigilante a la frontera. En pocas palabras, sienta cabeza y te darás cuenta de que lo que te conviene es estar bien conmigo.

–Mi lugarteniente, ¿me permite hablar?

Movió la cabeza afirmativamente.

–¿Cómo se puede saber de dónde proviene una papeleta?

Soltó una carcajada.

–¿Alguna otra pregunta?

No, qué otra pregunta podía tener.

–Mi lugarteniente no se sentirá decepcionado –prometí con solemnidad.

–¡Bravo, muchacho!

No podía saber que mi respuesta era como los oráculos de la Pitonisa. Suficientemente claros para persuadir y suficientemente imprecisos para complacer.

Tres meses antes de las elecciones entramos en estado de alerta. A nadie le estaba permitido salir del cuartel, ni siquiera al comandante. Nos llevaron a la oficina electoral en autobuses y camiones del ejército. Un poco antes, nos habían puesto en la mano una papeleta, la correcta. El lugarteniente de pura cepa me miró con severidad.

–Cumple con tu deber frente a la patria –me dijo.

Lo hice. Una semana antes me había metido en los calzoncillos la papeleta de la izquierda. La otra la rompí.

El gobierno perdió las elecciones y a mí me parecía que había sido obra mía. La gente salió contenta a las calles y a las plazas. Del cuartel, por el contrario, se había apoderado una gran tristeza. Habían encontrado la papeleta roja y el lugarteniente sospechaba de mí sin poder hacer nada. O más bien no podía hacer nada en lo relativo a los resultados de las elecciones, pero a mí sí podía hacerme muchas cosas.

Los últimos meses del servicio militar fueron un infierno. Me castigaban por cosas reales e irreales. Resultó que había acumulado tres meses de prisión, es decir, tres meses más en el ejército. Me desquicié. Y decidí fingirme loco. Una noche salí en calzoncillos, me puse junto a la bandera y con el fusil en las manos grité que los mataría a todos, algo que difícilmente habría sucedido porque no tenía balas.

Me llevaron al psiquiatra. Era un buen hombre, seguramente de izquierdas. No lo engañé con mi función, entendió que no aguantaba yo más.

–Hablaré con el comandante –me prometió.

Debió haberlo hecho porque los castigos injustificados y los puteos cesaron y tres meses más tarde salí del cuartel como un hombre libre y entré en el Fiat verde de Li que me estaba esperando en la puerta. Condujo en dirección al mar, encontró una cala desierta cerca de los lugares de Procrusto, eterno símbolo de la sociedad autoritaria, ya que ataba a sus víctimas a una cama de hierro y si medían más, les cortaba lo que sobraba, y si medían menos, las alargaba. Ahí hicimos el amor por primera vez, sin saber si el amor era otro Procrusto que nos alargaría o nos acortaría.

Después, Li se zambulló en el mar y salió lejos, en mar abierto, nadando con amplios y rítmicos movimientos. Yo me quedé sentado en las rocas, porque las aguas eran demasiado profundas para hacer la pantomima del nado.

Hacía alrededor de un mes que había aparecido en mi vida, en unas clases vespertinas a las que tenía autorización de asistir para poder obtener finalmente el permiso para ejercer como actor. En la Escuela del Teatro de Arte no me atreví a presentarme.

Li tenía soltura económica, había leído muchísimo, hablaba cuatro idiomas, tenía publicados dos poemarios. Además, era bonita con su abundante cabello negro azabache y sus ojos verdes. Y como si todo aquello no fuese suficiente, era de izquierdas. En pocas palabras, no era raro que hubiese suscitado mi interés, lo raro era que yo hubiese suscitado el suyo. Nos emparejamos.

Por supuesto que había complicaciones. Estaba casada y era mayor que yo. Yo estaba celoso de su marido. Él se acostaba a su lado por la noche, él la veía levantarse por la mañana con su delgado cuerpo aún caliente debajo de su camisón traslúcido, él recibía su primera sonrisa. Yo, ¿qué tenía? Sus abrazos apresurados, aunque siempre voluptuosos, en el asiento de atrás de su coche. Además, comparado con ella, yo era un aficionado entusiasta en cuestión de amor. Era evidente que ella había vivido diez años más que yo y yo estaba celoso de cada uno de esos instantes. ¿Con cuántos otros había estado antes de estar conmigo? ¿Quiénes eran?

En vez de hablarle de lo que estaba sintiendo, intentaba curarme de los celos haciéndole el amor una vez más, y otra, y otra, con la vana esperanza de borrar de su cuerpo las caricias de los otros. Ella sentía mi necia agresividad, se apartaba y con frecuencia lloraba.

–No tienes derecho a castigarme por haber vivido –me dijo finalmente y yo recuperé la cordura.

Hasta ese momento los celos eran algo obvio, necesario y aceptado. Uno no puede estar enamorado si no siente celos. Ése era el axioma. Pero imaginemos lo contrario. Que uno no pueda estar enamorado si siente celos.

Desgraciadamente los celos no eran nuestro único problema. Teníamos otro: el dinero. Li lo pagaba todo. En realidad, a mí no me importaba, pero a todos y a cada uno de los camareros se le agriaba el gesto cuando ella sacaba su cartera, mientras yo fingía admirar el paisaje. Por otro lado, a ella se le veían sus treinta y cuatro años, mientras yo parecía más joven de mis veintidós. Una relación desigual, absolutamente desigual. Yo me tragaba mis refunfuños, ella se hartaba de mí, nos separábamos dolidos, pero al día siguiente nos estrujábamos de nuevo en el asiento trasero del Fiat.

Un día me anunció contenta que podría ausentarse de su casa por una semana. Por fin podríamos hacer un viaje juntos, como le había pedido yo constantemente, dormir y despertar juntos.

A mediados de junio tomamos el barco rumbo a Andros. Li se había ocupado de todo, billetes y hotel. Nos echamos en la cubierta y nos pusimos a leer con cierta distancia entre nosotros, por si acaso. De tanto en tanto intercambiábamos alguna mirada cómplice, y entre mirada y mirada ella se sumergía en Lorca, que estaba leyendo en la lengua del poeta. Yo me sumergí en otra. Estaba de pie junto a la barandilla, claramente sola, morena, alta y muy joven. Debía andar por los diecisiete. El diablo no sólo tiene muchas patas, algunas veces las tiene hasta bonitas. Enfrente de Li, me puse a conversar con la desconocida, que resultó ser una estudiante norteamericana. Se llamaba Fanny. Una joven judía sola y un hombre joven que hablaba un poco de inglés, el sol, los delfines que brincaban en parejas rozándose en el aire y el frescor en el pequeño camarote en el que se encontraron como sonámbulos absueltos de toda responsabilidad. Fanny se quitó los frenos que llevaba en los dientes para que nos besáramos.

Pocas horas después, llegamos a Andros. Ella continuaba el viaje. Nos despedimos sin lágrimas, pero con el corazón apesadumbrado porque no nos volveríamos a ver. Fanny se puso sus frenos.

¿No tenía mala conciencia? Por supuesto que la tenía y por triplicado. Había traicionado a Li en sus narices. Le había mentido a Fanny, que no tenía ni idea del juego que estaba yo jugando. Y me había engañado a mí mismo. Pensaba que me alegraría abrazar un cuerpo que no tuviera memoria de otros, o por lo menos no de tantos, pero en realidad ya estaba inquieto porque lo que Li había vivido en el pasado, Fanny lo viviría en el futuro. Los celos no tienen lógica. Cuando la besaba, pensaba en cuántos otros la besarían en el futuro, quizá incluso al día siguiente. Finalmente me di cuenta de que mi problema era demasiado grande como para ignorarlo. Tendría que liberarme de él. Resultó ser un programa de larga duración.

Busqué a Li, pero no estaba ni en el atracadero, ni en el hotel, aunque ya se había instalado en el cuarto. Entré también yo, como un ladrón, y desde el balcón la vi doblada en dos sobre una roca. Soplaba un viento fuerte. ¡Qué gusano miserable era yo! Me arrepentía muchísimo y me avergonzaba aún más.

Me perdonó, aunque con lágrimas en los ojos. Luego los días fueron transcurriendo mansamente, uno detrás del otro como los abalorios en el *kombolói*. La veía dormir por la noche y despertar por la mañana. Pero lo que más me gustaba de todo era verla leer con el cuello extendido hacia delante como un buitre y con una concentración absoluta. De tanto en tanto abría su cuaderno de notas y escribía algo.

Yo echaba en falta la escritura. ¿Por qué había dejado de escribir? Y se lo pregunté a Li.

–¿Por qué he dejado de escribir?

–Escribe sobre eso –me dijo sencillamente y así lo hice.

No fue bueno. Pero Li, con todo, aprobó una frase, o más bien, una expresión, algo a propósito del «austero verano». Nunca la había escuchado y quería que le explicara a qué me refería. No sabía.

–Qué bien. Eso significa que alguien dentro de ti piensa más allá que tú –dijo Li. Luego hicimos el amor. De nuevo.

Continué intentando escribir con el mismo resultado decepcionante. Algunas frases eran buenas, nada más. En el barco, cuando volvíamos, escribí un relato breve que le gustó y decidió encargarse de intentar publicarlo. Así fue. Lo curioso es que no me acuerdo del tema. Veo la revista, veo mi nombre, pero no veo el título del relato. Quizá porque fue aquel desconocido dentro de mí quien lo escribió.

La situación en el país no era buena en absoluto. El vencedor de las elecciones no pudo formar un gobierno viable. Los diputados brincaban de un partido al otro como saltamontes. Corrían rumores sobre una compra de conciencias hecha con miles de dólares y todos sabían o creían saber de dónde venía ese dinero. Era una rara demostración de falta de principios y falacias, con conspiraciones y engaños. Cada día las manifestaciones se volvían más violentas. Nadie sabía adónde iban las cosas.

En medio de aquel caos intenté buscar trabajo en el teatro. Finalmente –una vez más con la ayuda de mi amigo Yannis– me aceptó la compañía de Alekos Alexandrakis que estaba montando *Una historia de Irkutsk* de Alexéi Arbúzov. El momento culminante de mi papel era cuando les anunciaba yo a los obreros ahí reunidos que Serguéi estaba muerto. «Serguéi está muerto», debía decir, y era un verdadero tormento. Lo dijera como lo dijera, sonaba falso. No dudo de que el director –joven, lleno de talento y ambicioso– quisiera ayudarme, pero seguía una táctica hecha de ironías y sarcasmos, gracias a la cual toda la compañía acababa riéndose a mis costillas.

Todo era un error. Mi cuerpo, mi voz, la expresión de mi cara, el sentimiento. Cada tarde acudía al ensayo con una angustia mayor y hacía mi papel peor que la víspera.

Finalmente tuvo lugar el estreno, y el crítico de teatro al que todos temíamos escribió que «la aparición de Kallifatides fue simpática». Debe haberse compadecido de mí el buen hombre.

Ésa fue la primera y la última crítica que recibiría como actor, pero en ese momento todavía no lo sabía. La pieza tuvo éxito. No era una obra maestra, pero tenía alma y mostraba un lado humano de la sociedad soviética, correcto o no. ¿Me sentía bien? Sí, aunque cuando salía a escena me cubría de sudor frío y en lugar de acostumbrarme, me iba sintiendo cada vez peor. Mi consuelo era que los colegas que tenían mucha más experiencia que yo, se quedaban igualmente bloqueados, suda-ban, hablaban solos, calentaban la voz jadeando y echando ráfagas de sonidos cortos, se corregían continuamente el ma-quillaje, orinaban repetidas veces y estaban permanentemente descontentos de algo. Otros no decían palabra. Uno de los más serenos, que era bastante mayor que yo, me tomó bajo su pro-tección, nos hicimos amigos y me confió su sueño. Irse, empe-zar la vida en otro lugar como un hombre distinto. Un tío suyo había emigrado a Suecia, donde vivía como un rey. «¿Quién quiere ir a Suecia?», me preguntaba. No hablamos más del tema, pero llegó un día en que conocería a aquel tío suyo que vivía como rey.

Temía que el teatro no fuese a formar parte de mi futuro, aunque por el momento me gustaba, sobre todo cuando, con el tiempo, la función se volvió algo totalmente distinto de la pro-puesta primera del director. Los actores hicieron lo que quisie-ron, y hasta yo me alegraba de salir a escena y decir sonriendo tristemente: «Serguéi está muerto», temeroso siempre de que los otros soltaran la risa, cosa que ya había ocurrido. Además, cada semana tenía unas monedas en el bolsillo, Alekos Alexandrakis era un hombre honesto. Me hicieron incluso una fotografía artística en el estudio Elite y mi madre la colgó fren-te a su cama. Ahí estuvo colgada mientras ella vivió. Con Li nos perdimos de vista. Nuestros horarios no coincidían.

Un día, después de la función de la tarde, estaba yo en el camerino de Yannis, esperando a que terminara de quitarse el maquillaje. Llamaron a la puerta y entraron dos jovencitas que querían felicitarlo. Una era rubia y llevaba una falda esco-cesa con un imperdible enorme. Tenía un rostro franco y reía un poco desconcertada. La otra tenía el cabello negro y los ojos negros y no reía. Hablaba muy rápido y sin vacilar. Eso siem-pre me impresionó, porque yo soy un barco lento, como decía mi abuela. Además, se llamaba María y parecía que le resultara imposible decir o hacer algo simple u ordinario. De alguna ma-nera comenzamos una relación basada en que yo la esperaba en distintos cafés. Por lo general, llegaba tarde y algunas veces no llegaba. Pero cuando acudía, era una fiesta. Siempre tenía cientos de cosas que contar en los interminables paseos que dábamos por calles, callejones, cerros y colinas.

Por lo general hablábamos de escritores y de libros. Un día nos sentamos en un cafecito en la Cisterna de Kolonaki y le conté que ahí solía ir Papadiamantis. Se volvió nuestro lugar de encuentro. Muchas veces estaba seguro de que había encontrado a la compañera de mi vida. Pero ella siempre hacía algo para guardar las distancias, como cuando de pronto me contó, inesperadamente, que había perdido la virginidad con un hombre maduro. «Jamás podría haberlo hecho con alguien a quien amo», dijo. Me sorprendió que no sentí celos. Quizá entendía que no tenía sentido.

El tema sexual tenía muy poca prioridad en su vida y en cuanto yo hacía algún intento de acercarme, ella me desarmaba con una risita: «El gallito de Gizi vuelve al ataque». Si yo insistía, ella simplemente se levantaba y se iba.

Fue ella quien introdujo en mi cerebro la palabra «maravilloso». La sabía, sí, pero no la usaba jamás. Quizá se debiera a que ella vivía en Nea Smirni, que de barriada de emigrantes había pasado a ser un suburbio elegante. Ahí donde antes habían crecido ortigas, ahora rosales y gardenias emanaban su fragancia. De sus bellas escuelas salían bellas muchachas. Y ella era la más hermosa, con sus ojos brillantes, su frente ancha y su cuello esbelto. Hacía lo que le daba la gana. Sus padres debían adorarla, y tenían los medios para demostrarlo. Al contrario de la otra gente con la que yo me llevaba, ella leía literatura inglesa y norteamericana y de sus labios escuché por primera vez el nombre de Raymond Chandler, que le gustaba particularmente a su madre, creo.

Desaparecía durante semanas, y se presentaba de manera totalmente imprevista, incriminando mi indiferencia ya que no la había buscado. De una de esas desapariciones volvió casada con un joven francés que había servido en Argelia. Me dio tristeza, pero al mismo tiempo me sentí liberado. Era responsable de su vida, ya no estaba yo obligado a representar uno u otro papel, me estaba autorizando a salir de la prisión que era mi sexo. Sabía que la querría siempre, independientemente de que la viera o no, de que tuviéramos relaciones o no, de que hiciéramos el amor o no. El gallito de Gizi había comenzado a pensar.

Al mismo tiempo, me enfrenté a otro gran problema: el desempleo. Los teatros cerraron debido al verano y comenzó una vana persecución para conseguir un nuevo contrato. Preguntar a amigos y conocidos, correr de un teatro a otro, de un director a otro, en eso se me iba todo el tiempo y toda el alma. La pregunta era hasta dónde podía llegar con tal de conseguir trabajo, y la pregunta se planteó.

Un director de cine de bastante éxito necesitaba a un joven para su siguiente película. Yo era joven y fui a verlo. No me dieron el papel, y no me lo dieron de manera bastante humillante.

Ese día lo decidí. No más humillaciones. Me voy. Dejo atrás la mochila con el pueblo, el barrio, la patria. Tomo el camino del extranjero. Ha llegado el momento de abandonarlo todo, de lanzar una piedra negra a mis espaldas.

Otros, en cambio, lanzaban piedras de verdad. Un día caí en una manifestación donde los albañiles se enfrentaban con la policía que les respondía con gases lacrimógenos. La gente corría de aquí para allá, las piedras pasaban silbando por encima de nuestras cabezas, los ojos escocían. Me metí en el cinematógrafo Asti para salvarme. Cuando recuperé el aliento, vi una de las escenas más fuertes de la película. Un hombre rubio y alto, con desesperación en los ojos y la boca torcida de amargura, estaba desarraigando un pequeño abedul con las manos. Estaba haciendo exactamente lo que yo quería hacer. Desarraigar mi vida.

Era Max von Sydow en *El manantial de la doncella* de Ingmar Bergman. Vi la película desde el principio y luego la volví a ver. No era frecuente que se proyectaran cosas tan serias en el cinematógrafo, pero lo que verdaderamente me hizo perder la cabeza fue la lengua sueca. Me recordaba a las campanas campestres, tenía la misma claridad, la misma simplicidad, y unas vocales que no había oído nunca. Me recordó un poco al rapsoda en el colegio que recitaba a Homero. Y como si eso no bastara, proyectaban además, una breve película sobre un viaje a los fiordos. El velero era blanco, las muchachas en la cubierta divinas y los muchachos no parecían intimidados.

Suecia. No era difícil darse cuenta de que ahí se podía vivir como rey, disfrutar de la belleza sin angustia y hablar sólo cuando hace falta.

¿Sabía algo más de aquel país? Me acordaba de un articulito que había leído. El periodista afirmaba que Suecia producía el mejor acero del mundo, tenía un muy buen fútbol y las mujeres más hermosas del planeta que, además, eran tan libres en cuestión erótica, que aconsejaba a los jóvenes emigrantes que no anduvieran solos por la noche. También había visto, en alguna ocasión, al equipo AIK jugar en Atenas, el portero era increíble. Sólo eso sabía. Lo demás eran cuentos sobre un frío tan intenso que la orina caía en cubitos de hielo, sobre las chicas que eran insaciables y sobre las noches que tenían sol.

Pero lo decisivo fue la lengua y mi sueño de volverme otro. Comencé a estudiar sueco con el Linguaphone. Aprendí sólo una palabra: *Godmorgon*, que significa: buenos días.

Mantenía mis preparativos en secreto, no fuera a ser que cambiara de opinión, algo que en mi caso suele ser más bien la regla que la excepción. Puedo llegar a necesitar un cuarto de hora antes de decidir si enciendo mi pipa con cerillas o con el mechero. Paso la vida dudando entre la carne y el pescado, entre las manzanas y las peras, entre el «y» y el «pero».

Por eso los preparativos se hacían en secreto, con una excepción: María, que una vez más apareció de pronto y me propuso que siguiésemos siendo amigos, aunque nunca habíamos sido amantes. La hice partícipe de mis planes y la puse a escuchar mi propio Linguaphone. Al cabo de un rato tenía una gran arruga marcada en su bella frente y me dijo:

–Ésa es la lengua idónea para que escribas cuentos.

En ese momento aún ignoraba que un día escribiría sus propios cuentos maravillosos con el nombre de María Mítsora. Su opinión fue decisiva. Una vez más, guardó las distancias por instinto.

Partiría a Suecia.

Al día siguiente el país entero se convulsionó con una noticia desconcertante: el asesinato de Grigoris Lambrakis en Tesalónica. Habían matado a una leyenda con un motocarro. Dos hombres de una organización paraestatal. La muerte de Lambrakis fue el asesinato simbólico de la democracia a manos de los tenientes coroneles en 1967. Lambrakis era médico, atleta y político, igualmente bueno en lo que hiciera. Diez veces había ganado en salto de longitud en los Juegos Balcánicos. Trece años tuvo el récord nacional. Además, amaba a los débiles y a los pobres. Organizaba competencias y con lo que se recaudaba, financiaba ranchos.

Su valentía era conocida. En una ocasión las autoridades prohibieron una marcha pacífica y la policía detuvo a muchos de los manifestantes, pero no a Lambrakis porque tenía inmunidad parlamentaria. Entonces él realizó la marcha solo desde Maratón hasta Atenas llevando una banderita con el emblema de la paz. Era difícil encontrar a un griego que no hubiese visto su fotografía en los periódicos. Un mes más tarde acabaron con él. Justo después de que hubiera hablado de la paz y del desarme, como siempre.

Medio millón de personas acudieron a su entierro. Ni la mirada se podía desviar de la aglomeración que había. Pero cuando muere un héroe, por lo general nace otro. Un joven, osado fiscal del Estado, y otro, también joven y atrevido magistrado, consiguieron revelar las estrechas relaciones del Estado con las organizaciones paraestatales. Hasta el primer ministro Konstantinos Karamanlís se indignó. «¿Quién gobierna finalmente este país?», dijo y se autoexilió en París.

Tenía razón. El país estaba siendo gobernado por facciones anónimas y secretas. Aquello era evidente. Comenzó una nueva ola de emigración. Al cabo de dos semanas yo también tomé el tren. Era mediados de junio. El asesinato de Lambrakis había tenido lugar el 27 de mayo de 1963.

Sé que algunos pueden preguntarse: ¿por qué hablo de esto que es tan conocido? Porque temo que ya no sea conocido. La ignorancia es una cosa distinta del olvido y de la reconciliación.

Despedirme de mis padres podría haber sido dramático. Pero mamá no podía hablar y mi padre únicamente dijo: «Vete, no hay nada para ti aquí». Se culpaban a sí mismos por no haber construido una vida mejor para sus hijos. Nosotros no los culpábamos.

Fuimos a pie a la estación de Lárisa. Era bastante la distancia, pero mi maleta, de papel prensado no pesaba. Mi padre y yo la llevábamos por turnos. Había nacido en 1890, según sabía. Tenía, pues, setenta y tres años y me ayudaba con mi maleta. Había envejecido atrincherado detrás de su periódico y su café. Los años no lo habían doblado, su paso era aún enérgico, pero algo en su alma se había agrietado. «Vete, hijo, no hay nada para ti aquí.» Con cuánto dolor se había visto obligado a decir aquellas palabras. Seguramente viviré, pensé. Pero ¿viviré una vida que sea mía?

Mamá era mucho más joven, tenía sólo cuarenta y nueve años, y cuando no lloraba, reía, porque le parecía extrañísimo que su hijo pequeño –aquel que no se alejaba ni un paso de sus faldas– se fuera al otro extremo del mundo.

Así íbamos los tres, uno al lado del otro, y ellos me ayudaban con mis pertenencias, que no eran muchas. Una maleta medio vacía. Tenía poca ropa, entre ella la camisa rosa que había comprado para complacer al tío de Lida, algunas cosas que había escrito y dos poemarios. Las obras completas de Kavafis, noventa y nueve poemas en total, pero cada uno un verdadero universo. El otro poemario era de Seferis y ahí estaba el verso que se convirtió en mi emblema y mi experiencia. «Dondequiera que viajo, Grecia me hiere.»

Ahora terminaría con Grecia. Mi padre había cambiado unos cuantos miles de dracmas a coronas suecas, seiscientos, para ser exactos. No tenía más. Para el viaje, llevaba puesta una vieja chaqueta suya. Se había preocupado del pasaporte y se había enterado de las reglas para transcribir los nombres griegos en Europa. Era mi primer pasaporte y mi primer viaje al extranjero. La última «i» en mi apellido pasó a ser «e». Decía Theodor Kallifatides, en vez del Theódoros Kallifatidis que yo odiaba. Era el nombre de la derrota, el sello de la opresión, el nombre de aquel que no entró en la universidad, que se humillaba para encontrar algún trabajo.

Theodor Kallifatides. Por fin comenzaba a convertirme en otro.

El tren esperaba en el andén. Aún estaba vacío, pero al cabo de poco comenzó a llenarse de hombres jóvenes como yo, con almas domadas, como los perros del circo.

Theodor Kallifatides temblaba de angustia. Yo había leído muchas despedidas, y sin embargo no tenía nada que decir. ¿Qué pasaba exactamente? ¿Me encontraba verdaderamente listo para partir? ¿Volvería a ver a aquellas dos personas que me habían dado todo lo que tenía? Pero la suerte estaba echada. En algún lugar había una vida también para mí. Buscaría aquella vida. Muchos me dieron buenos consejos. Don Jimmy me abrazó con fuerza. «Cuídate de las mujeres», me dijo. Mi hermano, que trabajaba como maestro en un pueblecito cerca de Molaoi, me mandó algo de dinero. Pero la mayoría fueron discretos. No me preguntaron por qué me iba. Las amigas me evitaban. Sólo Meri, el amor imposible de mi infancia, apareció y me abrazó con lágrimas en los ojos. A saber qué la entristecía.

Llegó el momento de entrar en el vagón. Mamá lloraba en silencio. Papá miraba a otro lado. El corazón me pesaba como una piedra negra. Finalmente entendí lo que quería decir echar una piedra negra a tus espaldas. Era tirar tu corazón.

El pañuelo de mamá se había mojado de lágrimas y ahora pesaba más. No podía ni agitarlo para despedirme. Los labios de mi padre estaban blancos porque se los mordía. Permanecieron en el andén mientras aún podían ver el tren. A mí no me veían. Yo a ellos sí.

A mamá seguramente le dolerían los pies. Siempre se ponía zapatos pequeños y poco cómodos. Papá quizá la hubiese invitado a una limonada. Quizá no dijeran ni una palabra en todo el camino de regreso a casa. También para ellos comenzaba una vida distinta. De sus tres hijos ya ninguno estaba cerca. «Solos como ramas secas», decía mamá de todos aquellos que ya no tenían a sus hijos a su lado.

Ahora también ellos eran una rama seca.

El largo viaje había comenzado. El tren se iba llenando cada vez más. En cada estación entraban hombres jóvenes. De Tebas, de Lárisa, de Tesalónica, todos persiguiendo una vida distinta. Con tantos sueños flotando en aquellos vagones, hasta el tren debía ir ya flotando.

No había espacio y hacía mucho calor. Íbamos pegados unos a otros en los asientos de tercera clase. Por fortuna a mi lado se sentó una alemana jovencita. No intercambiamos ni una sola palabra. Pero cuando cayó la noche, apoyó su cabeza en mi hombro y se quedó dormida. No me atreví a moverme. Por la mañana amaneció descansada y agradecida. En algunos lugares, el tren hacía paradas más largas. Bajábamos rodeados de vendedores ambulantes. Cafés, sándwiches, fruta. Yo bajé con la alemana. Habíamos comenzado a hablar. Algo de griego chapurreaba ella, y yo sabía *jawohl* y *bitte*. Así, cuando llegó la noche, volvió a apoyar su cabeza en mi hombro y me dijo: «Eres una buena cama. Buenas noches».

A la mañana siguiente llegamos a Múnich. Yo tenía un ataque de migraña. Sentía la cabeza a punto de estallar, los ojos me picaban, vomité. Imposible continuar el viaje. Elsa debía quedarse ahí y me tuvo compasión. Encontró para mí un hotel barato cerca de la estación y se fue. Cuando me metí debajo de aquellas mantas de plumas, ligerísimas, después de haber dormido toda la vida bajo pesados cobertores que me daban comezón, me asaltó una duda: «¿Qué les habrá picado a los alemanes que dejaron unas camas así para ir a hacer la guerra?».

Con esa pregunta me quedé dormido y desperté dieciséis horas después. Era la tarde. La señora de edad que estaba en la recepción sabía algo de inglés, lo mismo que yo. ¿Me había llamado alguien por teléfono? No. Tenía la esperanza de que Elsa se hubiese interesado por mi salud, y me llevé una desilusión, pero el dolor de cabeza había pasado. De nuevo podía respirar y la estación de ferrocarriles no quedaba lejos. Ahí había muchos cafés, y donde hay un café, hay griegos.

Buena idea. De inmediato oí, con gran alivio, a un grupo de gente hablando en griego. Me invitaron a un café. Llevaban años viviendo en Alemania, pero no tenían nada bueno que decir. No les gustaba ni la gente ni la lengua ni el clima ni la comida. «Y entonces por qué se quedan?», pregunté ingenuamente y ellos movieron la cabeza. ¿Adónde iban a ir?

Me ayudaron a encontrar el tren para Estocolmo. Partiría a medianoche. Tenía muchas horas por delante. Dejé mi maleta en la estación y salí a la ciudad. Hacía un calor húmedo. Sudaba. Era la primera vez que estaba fuera de Grecia y mi corazón rebosaba libertad. Nadie sabía quién era yo, no entendía nada de lo que veía y oía, y pensé *que la libertad absoluta es una forma de imbecilidad.*

«La libertad suda», pensó alguien más dentro de mí.

A orillas de un lago artificial había algunos padres jugando con sus hijos, todos con el mismo entusiasmo. La angustia cavó una fosa en mi interior. ¿Qué había hecho? ¿Adónde iba?

Al oír alemán a mi alrededor volví a tener tres años y quería ponerme en posición de firmes, como hacía en 1941 frente a los oficiales alemanes que habían requisado nuestra casa en el pueblo. Me comí la salchicha más grande de mi vida. Luego llegó el tren.

Dieciocho horas más tarde se detuvo en la Estación Central de Estocolmo. En sueco sólo sabía decir buenos días, y no me servía de nada porque eran las seis de la tarde. Llovía.

En el bolsillo llevaba una nota con la dirección a la que debía ir. Se la enseñé a varias personas y finalmente me mandaron al centro de la ciudad, a un café. Me di cuenta de que aquello no era, porque mi destino era el piso de aquel tío que vivía como un rey. De todas formas entré en el café, para bien o para mal, y de inmediato oí a alguien que gritaba desde el fondo. «Bienvenido, bienvenido» en griego. Fue una grata sorpresa.

–¿Cómo supiste que era griego?

–Todavía hueles a tomillo.

Me invitó a un café con una rosquita y luego me acompañó a la dirección correcta, Kocksgatan, 28, que muy simbólicamente quiere decir «La calle del carbón». Pero aún más simbólico era el nombre de una asociación de boxeo que estaba justamente al lado: Esparta. Un saludo del pueblo, desde mi vida antigua comenzaba la nueva.

Ahí, en la calle del carbón, en un apartamento del segundo piso de un patio interior, con angustia y remordimientos, hallé una cama para dormir en casa del tío, que no vivía en absoluto como un rey, sino que lavaba platos diez horas diarias en el restaurante Tegnir, hablaba poco sueco y por las noches encontraba consuelo en una cervecería del barrio. Ahí me llevó también a mí para que conociera a la única persona con la que tenía cierta relación, es decir, a una camarera de caderas estrechas que le acariciaba la calva porque siempre le dejaba una generosa propina. El local era espléndido. Thomás –así se llamaba– no tenía la sonrisa fácil, pero el resto de la clientela –básicamente vejetes– era aún peor. Estaban sentados solos –aunque tuvieran compañía– mirando el suelo. Afuera llovía.

–¿Cómo se dice lluvia en sueco? –le pregunté a Thomás.

No supo responderme.

El primer problema no fue encontrar un empleo, sino conseguir el permiso de trabajo. Empleos había. Pero para obtener un permiso de trabajo, primero tenía que conseguir un permiso de residencia. La cuestión era que, para obtener un permiso de residencia, primero debías tener un permiso de trabajo.

–Y luego nos quejamos de la burocracia griega –le dije a Thomás.

Pero la vida no sigue las reglas. Suecia necesitaba manos obreras. No habían participado en la guerra mundial. La industria florecía. Los obreros suecos se convertían en ingenieros; los enfermeros, en médicos; los camareros, en jefes de cocina. Jamás olvidé lo que sentí al ver a una sociedad dar saltos. Me infundía veneración.

Todos los trabajos a los que renunciaban los suecos iban a dar a nosotros. Desde entonces se creó la consigna: «los extranjeros nos quitan los trabajos». Sólo que se olvidó la postilla: los trabajos que nosotros hemos abandonado.

Finalmente obtuve ambos permisos con la ayuda de Thomás que había conseguido que me contrataran en el restaurante donde él trabajaba. En mi primer pasaporte se puso un sello rojo con mi nuevo oficio: lavaplatos.

El propietario del restaurante era barón. Me puse lo mejor que tenía de ropa para ir a que me viera. Su prominente barbilla le daba un aire agradable. Me preguntó en inglés.

–¿Has venido para trabajar?

–Sí.

–Entonces ¿por qué te has vestido de novio? –preguntó sorprendido y me envió sin más dilación a la bodega, donde se pelaban las patatas.

Cirujano de Patatas me llamaban los camareros españoles. Éramos cinco o seis muchachos de distintas nacionalidades. Nadie hablaba sueco. No teníamos una lengua común. Estábamos constantemente crispados. Al final, compusimos nuestra propia lengua con tres palabras: sí, no y mierda.

Por las noches no lograba conciliar el sueño. Eran luminosas como los días. Deambulaba por las calles, alucinaba que alguien gritaría mi nombre. O que se abriría una ventana y una muchacha, rubísima, me haría una señal para que subiera a su cuarto. O bien oía la voz de mi padre. Sus cartas, que llegaban una vez a la semana, eran mi salvación. «No te olvides de quién eres», me escribía. Ése es el peligro más grave. Que uno se olvide de quién es. Por otro lado, igualmente fatídico es que uno se acuerde en demasía de quién es, porque entonces no se atreve a dar los pasos necesarios para acercarse a una nueva sociedad y siempre será un extranjero. No es sencillo dar con la táctica correcta.

En el restaurante hice carrera. De cirujano de patatas pasé a ser lavaplatos y de ahí, finalmente a responsable de la cafetería. Era un buen trabajo. Limpio y cómodo. Veía, además, a muchas muchachas bonitas. Pero sólo las veía. Una tarde entró en la cafetería una leyenda, la archiconocida estrella Viveca Lindfors, que se había ido de Suecia después de una infortunada relación amorosa. Había continuado su carrera en Hollywood. Ahora, sin embargo, había vuelto para representar a Brecht. Era la mujer más bella que había visto en mi vida. La cafetería refulgía como si hubiese entrado el sol. Al mismo tiempo era una persona accesible. Hablaba con todos, bromeaba. Poco me faltó para enamorarme de ella, pero me enamoré de otra, una jovencita que siempre estaba a su lado y que bebía té. Por desgracia, en ese entonces aún me negaba a que la cuenta la pagase una mujer, y dije sonriendo: «*It's on the house*», como si el negocio fuera mío. La muchacha sabía que no era mío, me sonrió, tomó la bolsita de té y se fue a sentar con sus amigos. Eso fue todo.

Por supuesto que al hacer una cosa así me había portado mal con el restaurante, pero fui acusado de algo mucho peor. De robar de la caja. No era cierto, pero ¿qué podía hacer? Sueco no sabía, inglés sabía sólo muy poco. Nadie se puso de mi parte. Entonces entendí la soledad absoluta del emigrante. Me mandaron a la policía. El policía me hizo la siguiente pregunta.

–¿Por qué no dices que tú cogiste el dinero para que estemos todos contentos?

Estuve a punto de complacerlo. En tres meses en Suecia no había complacido a nadie. Pero me negué y me amenazaron con quedarse un mes de sueldo como compensación por lo robado.

Como si eso no bastara, tuve que mudarme de casa. Hubo días en que no tenía un centavo. Finalmente, encontré un nuevo trabajo. En una pastelería. De nuevo como lavaplatos, pero sólo en las tardes y sólo por cuatro horas. El sueldo apenas me alcanzaba para el alquiler y el billete del autobús. Por fortuna, de tanto en tanto el pastelero me daba algún pastelito caducado. Decidí aprender sueco comiendo sólo pasteles.

Un día recibí una carta. En el restaurante habían encontrado el dinero, olvidado en un sobre equivocado. Me pedían disculpas y me ofrecían darme trabajo nuevamente. «Mierda», dije para mis adentros en mi lengua de tres palabras. Pero quería mi dinero y fui a recogerlo. Afuera del restaurante, me topé con la chica de la que estaba enamorado. Se alegró de verme. «Té gratis otra vez» debe haber pensado, y me preguntó sonriendo:

–¿Cómo lo llevas?

Yo, entretanto, había aprendido una expresión. «Caminando y aullando.» Pero la había aprendido mal y le respondí:

–Caminando y follando.

Me miró con desconcierto y me dijo:

–No es tan fácil.

Tardé meses en entender qué me había querido decir.

Aprendí sueco leyendo *La señorita Julia* de Strindberg. No existía un diccionario sueco-griego. Me veía obligado a traducir primero al inglés y del inglés al griego. Aprendía nuevas palabras curioseando en los escaparates. Setenta y cinco palabras por día, además de las que aprendía leyendo. Mi memoria no me traicionó.

A mis padres les escribía que todo iba bien. No era del todo cierto. Había perdido ocho kilos, el pelo se me caía, casi todos los días tenía dolor de cabeza y el estómago permanentemente pesado. Sin embargo, cada noche al cerrar la puerta detrás de mí en mi nueva casa, me alegraba. Era una habitación de dos por tres. Apenas cabía una cama y mis dos libros. Pero la ventana daba a un bonito jardín y un poco más allá se veía el mar, el trozo de mar donde un domingo se ahogaron dos niños preciosos. Vi a sus padres llorar en absoluto silencio y sentí amor por ellos. Se negaban a mitigar su dolor con gritos y lamentos. En su mundo no había consuelo.

El verano era lluvioso. Leía, trabajaba y de nuevo leía. El dinero no me alcanzaba para comprar cigarros y comencé a fumar pipa. Para el final del verano ya hablaba sueco. A principios del otoño me inscribí en la universidad. Había llegado el momento de cumplir la promesa que le había hecho a mi maestro de historia en el colegio, mi querido Ilías Gueorguiu, de que un día iba a estudiar filosofía.

De nuevo fui afortunado. Dos espléndidos profesores me ayudaron cuanto se permitía y cuanto podían. Yo también hice lo que tenía que hacer. Cada mañana me despertaba con lágrimas en los ojos. De felicidad. Por fin. Todo un día por delante con mis libros. Me había mudado a una residencia estudiantil. La cómoda habitación tenía una ventana grande que daba al bosque. Ahí puse mi escritorio. Ahí volví a abrir la *Crítica de la razón práctica* decidido a entender algo más.

No era fácil. En las universidades suecas, en ese entonces los estudios requerían por lo menos de dos idiomas más: el inglés y el alemán. Yo sabía muy poco inglés y nada de alemán. Además, debía leer danés y uno de mis profesores era noruego. Me cansaba muchísimo, la cabeza se me ponía como un mar agitado. No obstante, sentía una curiosa alegría que me lo compensaba todo. Cotidianamente aprendía yo algo. En un libro de Bertrand Russell encontré una frase: «Quizá no tiene sentido que sepamos cuántos granos de arena hay en el Sahara. Pero tendría su gracia que lo supiéramos.» Esa gracia era mi salvación.

Al mismo tiempo trabajaba. Lavaba platos, repartía las ediciones matutinas de los periódicos de casa en casa, hacía de portero de noche en un hotel, clasificaba las cartas en el correo central. Ahí sucedió lo siguiente. El jefe era un ente hitleriano que refunfuñaba sin parar. Un sueco de mediana edad. Nos atormentaba. Sobre todo, a un muchacho de Patras que un día no aguantó. Enfrente de todos le dijo en sueco: «¡Me follaré a tu madre, cornudo!». Todos los emigrantes mediterráneos nos quedamos petrificados. Ahora correrá sangre, pensamos. El sueco lo miró tranquilo como si reflexionara en lo que acababa de oír: «No le sentaría mal», le respondió. Ese día entendí que las suecas no eran *libertinas, eran libres.*

Veo con cierta sorpresa la velocidad con la que cuento todo esto y me pregunto por qué. No encuentro más que una respuesta: que aquellos años pasaron con la misma velocidad con la que escribo de ellos. Era como si corriera. Y sí, corría.

Obtuve el diploma en dieciocho meses, y a principios de 1967, fui destinado como profesor de filosofía en un colegio privado. No confiaba en que me dieran el trabajo, pero me lo dieron. La vida tomó un rumbo distinto. Tenía alumnos, colegas. Jugaba a la pelota con los chicos y me acordaba de mi maestro. Me llamaban El Tifón de Atenas. Me gustaba. Me dejaban hacer todos los regates que quisiera.

Todo cambió radicalmente con el golpe de Estado de 1967. De nuevo el fascismo en Grecia, de nuevo las cárceles, los destierros, la policía militar y las torturas en la Comisaría. En Europa se amotinaron los emigrantes. No podía quedarme fuera. Escribí un artículo y le pedí a un amigo farmacéutico que le echara un ojo. Corrigió los errores lingüísticos y lo envié a un importante periódico vespertino, *Aftonbladet*, aunque pensaba que se iría directo al cesto de la basura. Por eso fue una gran sorpresa cuando al día siguiente me llamó por teléfono el redactor en jefe, que además era un poeta muy conocido. Me dijo que el artículo le había gustado mucho y que lo publicaría al día siguiente.

Vi mi nombre en el periódico. Pero también otros lo vieron. De inmediato fueron dos policías a buscar a mi padre. La vida había dado un vuelco. «Lo envenenaremos», le dijeron refiriéndose a mí. Se estremeció. Primero pagábamos nosotros por sus convicciones políticas. Ahora pagaba él por las mías. Fueron a buscar a mi hermano también. «Dile al pequeño que se cuide, porque se está jugando la cabeza.» Me llamó por teléfono y me lo dijo. «Tienen adversarios más serios», lo consolé. Me equivocaba.

Diez años más tarde, una noche de invierno en Estocolmo, después de haber dado una conferencia me subí a un taxi. El chofer era bastante más joven que yo y me saludó por mi nombre. «Será algún admirador», pensé halagado. Además, era griego y entablamos conversación. Sabía absolutamente todo de mí. Llegamos a mi casa en un segundo.

–Ahora te voy a decir algo que no te puedes imaginar siquiera. Durante años te estuve vigilando por cuenta de la Junta. Tenía orden de acabar con tu vida, pero sin que hubiera escándalo. Tuve muchas oportunidades, pero me apiadé de ti.

No lo podía yo creer.

–Me estás tomando el pelo –le dije.

–Quizá debí haberlo hecho. Entonces me creerías –respondió ofendido y continuó contándome detalles de mi vida. Adónde había ido, en casa de quién había dormido, en qué restaurantes había comido. Me convenció.

–Espero que no te hayas arrepentido –le dije tontamente. Rio.

–Depende de la propina que me des.

Nos separamos y no lo volví a ver nunca más.

(Debí haber conservado el aplomo, haberle pedido que me contara toda la verdad, pero temblaba de pies a cabeza. Pasaron años antes de que se lo dijera a mi esposa.)

Me mudé a mi primera vivienda propia. Estaba en un barrio del sur de Estocolmo, cerca de la plaza Mariatorget con su fuente, sus grandes tilos, sus estatuas y su historia. En el pasado, para ser exactos, en 1760, el rey Adolfo Federico, autorizó que a la plaza se le diera su nombre, a condición de que ahí jamás se ejecutara a ningún condenado a muerte. Cerca de la plaza nació, en 1740, el mayor poeta sueco, Carl Michael Bellman, que fue muy conocido en Europa, y Beethoven le había puesto música a uno de sus poemas. Y poco más allá había vivido Emanuel Swedenborg, científico, ingeniero, matemático, inventor, poeta del siglo XVII. Entre otras cosas escribió un libro intitulado *El dédalo hiperbóreo*. Y como si todo eso no bastara, fundó su propia herejía cristiana.

Ahí fue donde encontré mi primera casa. Un cuarto hexagonal en una planta baja, con cocina y baño. Me enamoré de él desde que lo vi. Por las noches cerraba la puerta detrás de mí, no encendía la luz, me sentaba en la oscuridad y le hablaba, convencido de que me oía.

Había empezado a escribir de nuevo, pero pasaba algo curioso. El griego no casaba con mi vida, con la ciudad, con el clima, con los árboles y los lagos, el sol, el cielo y las nubes. Sentía como si cantara desafinando. ¿Había empezado a olvidarlo? No. Todos los días me juntaba con griegos, leía periódicos, pronunciaba discursos en distintas reuniones sobre la Junta. Pero con mi lengua no podía acercarme a la realidad sueca. La realidad sueca tenía su propia lengua.

No sé cómo expresarlo de otra manera. Una tarde lluviosa iba caminando por el paseo marítimo abajo del Palacio Real. Por algún lugar detrás de todas las nubes oscuras estaba asomando el sol. Me recordó a mi padre. Introvertido. Y por primera vez me llegó a la cabeza un símil. El sol jubilado. En sueco. Me cayó encima como la pesada teja que mató a Pirro. No lo había elegido, no lo había buscado.

De manera igualmente inesperada apareció de nuevo Gunilla –una muchacha de la residencia estudiantil Strix– en una concentración política. No nos habíamos visto en casi un año. Estaba más bonita que antes, y no estaba comprometida. Me invitó a comer a su casa. Preparó una sabrosa pasta. Bebimos un poco de vino tinto. Luego puso cantantes franceses en el magnetofón.

Aquella noche no volví a mi casa. Han pasado cuarenta y dos años desde entonces y todavía no he vuelto.

La imagen del sol jubilado no me dejaba. Cada día añadía algo. Finalmente había escrito, palabra tras palabra, cinco poemas completos. Alguien me aconsejó que los mandara a una revista literaria. Lo hice. Pocos días después llegó una carta. «Estimado señor Kallifatides, sus poemas están escritos con sensibilidad y corrección, pero no llegan hasta mis orejas.»

Me sentí decepcionado, mas no mucho. No decía que fueran malos, decía que no llegaban hasta sus orejas. En ese momento no lo conocía. Tiempo después nos presentaron y tenía las orejas más grandes que he visto. Sin entusiasmo, los envié a otra revista anual. Ahí se publicaron, es más, fueron premiados con el primer premio. 1.500 coronas. La conclusión es que existen todo tipo de orejas en este mundo.

El principio había tenido lugar.

11

La Navidad de ese año, 1968, estaba con Gunilla en casa de sus padres. Mucha nieve, mucho frío. Un cielo cuajado de estrellas. Estábamos bien. Pero yo no hallaba sosiego. En el futuro me dejaría crecer las uñas para rascarme el alma. Gunilla me miraba. Después de la cena, no aguanté. Pedí disculpas y dije que debía volver a mi casa. Gunilla no protestó. ¿Qué cosa urgente podía haber en vísperas de Navidad?

Al volver a casa preparé café. Me puse a escribir. Toda la noche. Y el día siguiente. Un poco de sueño, una llamada de teléfono a Gunilla para que no se preocupara, y de nuevo a la silla. Pasé tres días así. Al cuarto día por la mañana me levanté de la silla. No tenía nada más que escribir. Salí a dar una vuelta a la plaza. El sol de invierno no calentaba, pero yo no necesitaba calor. Ardía de la cabeza a los pies. Buscaba un título. No tenía título. Vi la estatua desnuda de aquella muchacha bonita con la cabeza un poco ladeada, como María. «Aquí se van a congelar hasta tus recuerdos», pensé y me llegó el título. *La memoria en el exilio.*

Lo mandé a Bonniers, la editorial más grande de Suecia, una gélida mañana de camino al trabajo. ¿Me contestarían?

Dos días más tarde recibí una carta. «Jovencito, pase por mi oficina a firmar el contrato.»

La firmaba Gerard Bonnier, el director-mito de la editorial, nieto del fundador, emigrante de Alemania, que había comenzado su carrera editorial en la pobreza absoluta, haciendo circular un fascículo en el que se demostraba que Napoleón no había existido.

Los poemas se publicaron en 1969 y tuvieron buenas críticas en términos generales. Me envalentonaron y comencé a escribir lo siguiente. Esta vez una novela. *Los extranjeros*. Se publicó en 1970. Un día fui a la tienda de ultramarinos del barrio. Una mujer embarazada estaba leyendo un periódico. De pronto alzó los ojos y me vio. «Pero si eres tú», me dijo y me mostró mi fotografía en el periódico.

«Pero si eres tú.» Una de las mejores críticas de mi vida. Había llegado como un absoluto desconocido a un país nuevo y me había vuelto «yo».

El libro tuvo éxito. Un director de cine joven y muy bueno hizo una película basada en él. En Grecia se proyectó con el título de *Me llamo Stelios*. Al griego lo tradujo mi amiga Natasha Mertika.

Me fui como emigrante y volví como emigrante.

Gunilla y yo decidimos vivir juntos. Nos mudamos a nuestra primera casa compartida en 1970. Pero conservé la mía como estudio. Había escrito un poemario, *El tiempo no es inocente*. Se publicó en 1971 y le fue más o menos. Volví a la universidad para hacer un doctorado. Además, daba clases. Estábamos esperando a nuestro primer hijo. Hicimos un viajecito a la isla de Gotland. Comenzaba el otoño. Perdimos la cabeza con la ciudad medieval de Visby. Ciudad de las Rosas, la llaman los suecos. La naturaleza me recordaba a Grecia. Los pinos ladeados por el viento, la piedra caliza, el cielo azul. Callejuelas angostas, viejas iglesias, bellas plazas. Pensaba en Monemvasía.

Era como si hubiese encontrado Grecia y se lo dije a mi mujer: «Aquí está mi Grecia». Hallamos una casita pequeña y a buen precio. En 1972, en abril, nació nuestro hijo, Markos. Fuimos a nuestra casa de campo. Fue el verano de mi vida. Con el bebé y la máquina de escribir, salía muy temprano al jardín. Me sentaba debajo de un peral. Escribía. Por fin estaba escribiendo el libro que me había prometido a mí mismo escribir una lluviosa tarde en Atenas, en el cobertizo del cinematógrafo

Titania, dieciocho años atrás. Estaba escribiendo sobre mi pueblo.

Nunca más he vuelto a escribir como escribí entonces. No hablo de calidad, sino de sentimiento. Había llegado la hora de cerrar todas las cuentas. Escribía como si me estuvieran persiguiendo para matarme. Me encontraba en un estado de tensión tal, que ya no podía ni dormir. Finalmente, un amigo se apiadó de mí y me obligó a tomar somníferos.

El libro circuló en 1973. Con gran éxito. Se tradujo a muchas lenguas. Me consagró. Entretanto me había convertido en redactor en jefe de la revista literaria con mayor autoridad del país. Abandoné la universidad y el doctorado. Todavía me arrepiento. Engendramos una segunda criatura, Johanna. Mi madre se quejaba. ¿Por qué no le dimos a nuestra hija su nombre? Tenía razón. Markos el hijo, Johanna la hija. Nombres que no existían ni en la familia de mi mujer ni en la mía. Habíamos seguido la política tradicional sueca de la neutralidad.

Y los años pasaban. Un libro me traía otro. Recibí premios que no esperaba y no recibí los que esperaba. Fuimos ascendiendo socialmente. Construimos una casa propia. Afuera de la ventana de la cocina tenía un álamo, el único árbol que existía en el Inframundo según la mitología. Tuve varios estudios, pero siempre en el mismo barrio. Los niños crecieron y se fueron de la casa. Me acordaba de mi madre. «Como una rama seca», decía de sí misma cuando nos separamos.

Habían pasado cuarenta y siete años desde el momento en que, totalmente perdido, llegué con mi maleta a la Estación Central de Estocolmo. Había echado raíces en el nuevo país, había tenido hijos y escrito libros. De alguna manera me parecía a aquel tilo que el rey Gustavo II Adolfo de Suecia había sembrado cuando nació su hija Cristina. Patas arriba. Con la fronda en la tierra y las raíces desnudas al aire.

Grecia ya no me hería, no sentía dolor. Salvo cuando se iba yendo mi gente, uno detrás de otro. Primero el abuelo y la abuela, luego mi padre, luego mi tío y después de mi tío, mi hermano Yorgos. Viajaba para asistir a funerales y a misas de difuntos. Unas veces con Gunilla, otras veces sin ella. Finalmente, no quedaban sino Stelios y mamá. Me preguntaba por cuánto tiempo todavía.

Mamá enfermó. Yo iba y venía de Suecia a Grecia cada vez con el corazón más encogido, porque debía regresar, volver a Suecia donde estaba mi vida, la muchacha de la residencia estudiantil, nuestros hijos y nuestros nietos.

En los aeropuertos de Atenas y de Estocolmo me encontraba con otros griegos en mi misma situación. Alguien a quien amaban –y más todavía alguien que los amaba– estaba muriendo. Hombres y mujeres envejecidos, cansados después de cuarenta o cincuenta años de vida en el exilio volvían para decir adiós una vez más.

Mamá sufría, sobre todo porque su cabeza funcionó hasta el último minuto. Los riñones ya no funcionaban, las piernas ya no la aguantaban, ya no podía tragar, hablaba con gran dificultad y respiraba por la boca como si el aire fuese un bocado.

Gunilla fue a ayudar. Encontró una cama articulada en Ikea y la montó ella sola para sorpresa de todos. Compramos también una silla de ruedas para que mamá pudiera moverse por la casa. Quería verla. Aquellas dos habitaciones y media y la estrecha cocina no era el mundo entero, pero sólo en ese rincón su cuerpo y su alma hallaban sosiego. Se sentaba a la mesa de la cocina con los brazos cruzados y sonreía como si recordara algo agradable. «Ay, hijos», susurraba sin motivo, y no decía nada más.

Había algo que era un tormento. Ir al baño. No quería ayuda, le daba vergüenza. «¡Si será vanidosa!», decía Stelios, un poco irritado, pero sobre todo conmovido.

Durante muchos años vivimos estrechos y la familia había cultivado una meticulosa discreción. El hecho es que no me acuerdo de mis padres entrando en el baño. Pero ahora las cosas habían cambiado y mamá se negaba a aceptarlo. Al principio sólo a Rena, la mujer de Stelios, le permitía ayudarla. Más tarde a las enfermeras, luego a Stelios y finalmente a mí. Mamá hacía grandes intentos de pasarlo bien, pero a menudo se le llenaban los ojos de lágrimas. Su rostro se cerraba y no la reconocía. Me sentía mal. Sin quererlo, la incriminé porque había engordado. No se lo dije jamás a ella, pero no podía ocultármelo a mí mismo. Estaba casi enfadado con ella. En eso pensaba yo mientras ella luchaba con sus débiles piernas y sus noventa y tres años.

Todo comenzó, como de costumbre, con una caída. Su gusto por la vida le jugó una mala pasada. Una noche, a eso de las doce, se le antojó algo dulce. Fue a la cocina y se subió en un banco para coger un bote de miel de una repisa alta. Y se cayó. No consiguió levantarse y se arrastró hasta el teléfono, pero se le resbaló y no pudo volver a cogerlo. Así, comenzó a golpear el suelo con su bastón, hasta que la familia que vivía abajo se dio cuenta de que algo sucedía y subió al piso de mamá. Pero ella no podía abrirles la puerta.

Aquella buena gente llamó por teléfono a Stelios, que tenía llave. En cinco minutos llegó y la encontró en el suelo, riendo.

–Mira lo que me ha pasado. ¡Una cucharada de mi propio chocolate!

Así era. Amigas suyas se caían, se rompían brazos, piernas y caderas, y mamá las compadecía, sí, pero no del todo.

–Pero ¿cómo hacen para caerse así, hijito? –me decía y luchaba para que no le ganara la risa.

Volé a Atenas al día siguiente. La conclusión fue que mamá necesitaba a una persona en casa, sobre todo por la noche. No debía quedarse sola. Sabíamos que las noches solitarias la atormentaban, sabíamos que no podía dormir, asediada como estaba por tantos recuerdos. Pero con una persona extraña en casa se sentiría todavía más sola, aseveraba ella misma. Además, no se había roto nada. «En unos cuantos días volveré a bailar el *tsámikos*.»

Me quedé una semana, mamá se recuperó y yo regresé a mi casa. Un mes más tarde, se volvió a caer. En esa ocasión, se le doblaron las piernas yendo al baño. De nuevo ocurrió en plena noche y no quiso alborotar al edificio. Pasó diez horas tumbada sobre las frías baldosas, con la esperanza de que las fuerzas volvieran. Además, tenía que lavarse. Nadie debía verla en la situación en la que estaba. Las horas transcurrían, la mañana llegó, pero las fuerzas no. Stelios, que pasaba a verla todos los días, la encontró aterrada, congelada y avergonzada, pero con su vanidad intacta. De inmediato lo envió a llamar a la vecina y le pidió que después fuera a sentarse en la cocina. Desde ahí me llamó por teléfono, perturbado y con remordimientos, como si él tuviera la culpa.

–Ya no podemos seguir dejando así a mamá –dijo.

Concordamos en que debíamos encontrar una enfermera de noche. Ya no hacía falta que yo viajara a Atenas. Stelios, y más todavía su mujer, se encargarían de todo.

Al principio se quedaban con mamá por turnos. Acabaron exhaustos. Mamá dormía intranquila, se despertaba cada dos por tres, a veces lloraba, a veces preguntaba por mí. «¿Dónde anda aquel mosquita muerta?», decía. Era uno de los apodos que me había dado.

Rena aguantaba, pero mi hermano ya no era un jovencito. No podía quedarse en vela una de cada dos noches. Finalmente convencieron a mamá de que era indispensable contratar a una enfermera. No fue fácil. Ninguna la convencía. Una le olía, otra le apestaba. Además, quería que fuera griega, pero de todas las que pasaron ninguna fue de su agrado. «Son unas holgazanas. En vez de atenderme, soy yo quien las atiende», decía. Además, resultaban carísimas. «No nos vamos a morir con una mano delante y otra atrás», decía.

Por fortuna, había extranjeras. Galina era ucraniana, viuda con tres hijos. Viajaba a Grecia todos los años para pasar allá algunos meses. Trabajaba, no gastaba nada y volvía a su casa como una golondrina con varios miles de euros en el pico. Fue ella quien abrió la puerta cuando dos semanas después llegamos Gunilla y yo. Galina era rubia, de sonrisa cordial y una fuerza increíble. Levantaba a mamá como si fuera una pluma. Una vez más me ocurrió lo que siempre me sucede. Gunilla y Galina de inmediato se hicieron grandes amigas y me habrían ignorado del todo de no haberme necesitado como intérprete.

Era obvio que mamá se estaba yendo. Con dificultad abría los ojos, su rostro estaba hinchado y se había petrificado en una expresión de contumacia temerosa. Me senté a su lado, acariciándole la mano.

–Ya llegué, mamá. Gunilla también ha venido.

Revivió.

–Gunilla, hijita –dijo y sonrió. Siempre sintió mayor predilección por sus nueras que por sus hijos.

A partir de ese momento, comenzó a recuperarse. Tenía a tres mujeres a su alrededor. Dos nueras y Galina. Comenzó a comer de nuevo, el médico le ponía unas inyecciones reconstituyentes, le dio ánimos y ella comenzó a hacer planes para el futuro.

–Dios me ha dado otros diez años –nos dijo.

Tanto era así que intentaba hacer gimnasia en la cama. Había llegado el momento de enseñarle el libro *Madres e hijos*, que acababa de publicarse en griego. Leyó con dificultad unas cuantas páginas, luego levantó los ojos y me miró.

–¿Cómo caben tantas cosas en tu cabecita? –me preguntó.

Volvió a ser ella misma. Respiramos aliviados. Así, una tarde Gunilla y yo salimos a dar un largo paseo. Nos quedamos en un hotel un poco más abajo de Omonia. Lo tenían unos rusos. El barrio no me era ajeno. Por ahí cerca alguna vez estuvo la estación de autobuses para Molaoi. Y el Teatro Nacional, donde vi a Alexis Minotís y a Katina Paxinú en *Espectros* de Ibsen.

El Teatro Nacional aún existía, pero todo lo demás había desaparecido o cambiado. Y sobre todo, había gente por doquier. Cafés y cafecitos, cervecerías, restaurantes, tabernas,

plazas, calles. Miles de personas del mundo entero apretuján-
dose unas al lado de las otras.

—Y luego decimos que en Suecia tenemos muchos extranjeros —comentó mi mujer.

Por eso me había ido a Suecia. La pobreza y el infortunio no
se pueden encerrar en un redil. Ahora les tocaba a los griegos
demostrar su calidad humana. Frente a otros pesares, éste era
el menor.

Pasamos por barriadas pobres con casas en ruinas que en
alguna época habían acogido a los refugiados del Ponto y de
Asia Menor y caímos de pronto en la guerra civil. En la calle
de los Santos Incorpóreos, en Monastiraki, encontramos el Museo de los Desterrados Políticos Ai-Stratis. Yo ignoraba su existencia. Entramos. No había portero. Estábamos absolutamente solos. No sabíamos qué hacer. Íbamos de una sala a otra. Yo
le traducía a mi mujer los textos que acompañaban a las fotografías y a los objetos. Cuarenta islas del Egeo habían servido
como lugares de destierro. «El archipiélago de la vergüenza»,
le dije. Nunca antes el destierro había sido una realidad. Había
oído historias, había leído libros, había conocido a gente que
había estado desterrada. Y, sin embargo, el destierro seguía
siendo algo abstracto. En ese pequeño Museo se volvió real.
Los utensilios de hojalata en los que cocinaban y comían los
desterrados, los angostos camastros de hierro, la maletita con
sus pertenencias. Tenía un nudo en la garganta. Las fotografías
mostraban hombres enflaquecidos y mujeres ocupadas con
quehaceres optimistas. Montar una obra de teatro, organizar
la escuela para los analfabetos, mantener conversaciones
pletolíticas. Pero lo más conmovedor de todo era el periódico
hecho a mano con noticias del campo y del mundo exterior.

De pronto apareció un hombre de mediana edad. Era el
fundador del Museo y su único empleado.

—¿Cómo aguantó esta gente? —le pregunté.

—Hay momentos en los que el hombre es grande —me respondió.

Así fue con mamá. Se repuso completamente –«la muerte se olvidó de ella», dijo Stelios– y volvimos a Suecia. Casi de inmediato mamá empeoró. La llevaron al hospital. Una semana más tarde había vuelto a casa. Por poco tiempo. Tuvieron que volver a llevarla al hospital.

Viajé de nuevo. Del aeropuerto directamente al hospital. Ya se había hecho de noche. Mamá estaba en un catre en el corredor. Esperaban al médico, igual que muchos otros. Con gran esfuerzo sonrió al verme. Le guiñó un ojo a mi cuñada y dijo algo con mucha dificultad. No lo entendí. «¿Qué ha dicho?», le pregunté a mi cuñada. «Ya llegó el mosquita muerta.» De tanto en tanto salía yo a fumar. Habían empezado los calores. Todos andaban en manga corta.

Por fin le llegó el turno de ser examinada y los médicos decidieron dejarla ingresada en el hospital. Estaba completamente deshidratada, ya ni lágrimas tenía. Inmóvil, pesada, rendida. «Ahora ya no hay vuelta atrás», pensé.

Galina había sido sustituida por Nicoletta, una búlgara de ojos negros, delgada como un junco, pero muy fuerte. Se quedaba con mamá por las noches, porque el personal del hospital no era suficiente. «Así hacen todos», me explicó Stelios, es decir, contratan enfermeras particulares. Tenía un fajo de billetes de veinte en la mano y los iba repartiendo entre los que parecían ser útiles: el portero, el enfermero ayudante que llevaba la camilla con mamá en ella por un corredor oscuro y estrecho en el que veías a las cuidadoras nocturnas particulares ver la televisión sin sonido o tejer. Una se comía una naranja. Olía bien. Se oían ronquidos, pesadas respiraciones angustiadas, susurros, llantos.

Al salir, Stelios le dio el último billete de veinte al muchacho del estacionamiento porque le había permitido dejar el coche donde no se podía. Calculé que debía haber gastado unos cien euros en propinas. «Pensaba que ya había pasado ese tiempo», le dije, es decir, que uno tuviera que dar de más para que la gente hiciera su trabajo. Negó con la cabeza.

Nos sentamos en una cervecería. Stelios pidió una tirópita y una Heinecken, que es lo que más le gusta. Era ya medianoche. El tráfico había disminuido. La calle estaba mal iluminada. En lugares oscuros se vislumbraba alguna parejita. Nuestra mesa estaba junto a una morera. En el pueblo teníamos una igual afuera de la casa. Jugábamos a lanzarnos moras y mamá se enfadaba porque nos manchábamos la ropa.

–¿Te acuerdas de la morera? –pregunté.

–Me lo has quitado de la boca –respondió.

A veces no cabe duda de quién es tu hermano. Ambos pensábamos en mamá, aun evocando una morera que no sabíamos si aún existía, pero que con toda certeza había existido.

–Sesenta y dos años ya que no he comido moras.

No comentó nada. Volví al hotel tarde y la habitación que había reservado se la habían dado a otra persona. Con razón, pensaron que yo ya no llegaría. Había, sin embargo, una habitación doble, un poco más cara. Fue mi salvación. En el último piso, con una gran terraza. Frente a la Politécnica, al Museo, a la antigua Comisaría donde me había llevado los primeros bofetones cuando aún iba al colegio y participábamos en las manifestaciones en favor de Chipre. En pocas palabras, una vez más tenía frente a mí el pasado. Me senté en la terraza, encendí mi ordenador y comencé a escribir. Ya había empezado *Amigos y amantes* y no me dejaba tranquilo.

¿Cómo podía ser? Acababa de dejar a mamá en el hospital y de pronto era como si lo hubiese olvidado. La realidad imaginaria del libro era más fuerte que la realidad real. Escribía y sufría junto con mis personajes, otras veces reía con mis bromas, algo que desgraciadamente sucede a menudo. Quiero decir, que sea yo el único que ríe.

Así transcurrieron diez días. Todo el día en el hospital, las más de las veces con Stelios. Mamá compartía habitación con otras tres mujeres, todas igualmente enfermas. Parientes y amigos nos apretujábamos ahí dentro, hacía calor, faltaba el aire, las enfermas suspiraban o gemían, alguna se enfadaba, otra se desesperaba. Llantos y conversaciones de consuelo por parte de la hija, del hijo, de la nuera o de alguien más. En cuanto llegaban los médicos, nosotros salíamos y conversábamos haciendo uso del plural deportivo. Parientes y enfermos éramos todos un equipo. No decían «mamá ingresó en el hospital», sino «ingresamos en el hospital», como los entrenadores. También nos echaban a la hora de la comida.

Algunos salían a fumar. Entre ellos, yo. Ya desde el segundo día había encontrado mi sitio: un banco al abrigo de un pino junto a la iglesita del hospital. Ahí me sentaba. De tanto en tanto llegaba también Stelios, aunque había dejado de fumar.

Por las tardes, acudía Rena. ¿Cómo aguantaba esa mujer? Tenía su trabajo, tenía sus problemas, tenía a su hermano postrado en otro hospital. Y, sin embargo, iba todos los días.

Hacíamos guardias con mamá, que estaba inmóvil en la cama con sondas en la nariz y en el brazo. De tanto en tanto decía alguna cosa, pero para nosotros era ininteligible, sólo Rena conseguía entenderla. Mamá hacía un gesto para decir que sus hijos no tenían cabeza. Nos alegrábamos, porque significaba que aún se resistía. Hacia las diez de la noche llegaba Nicoletta y nosotros volvíamos a casa de mi hermano. Al cabo de diez minutos Rena ya había preparado algo de comer. Todas mis propuestas de colaboración eran rechazadas categóricamente.

¿Había llegado la hora? ¿Esta vez perderíamos a mamá?

–No podemos darnos por vencidos antes de que ella lo haga –dijo Rena.

Fui a consultar a los médicos. ¿Había esperanza todavía?, pregunté. El geriatra miró el expediente y movió la cabeza.

–Es ya muy mayor, señor Kallifatides.

Se lo dije a Stelios y a Rena.

–No me importa, ella quiere ser aún mayor –dijo Rena.

Pero la pregunta estaba sobre la mesa. ¿Valía la pena seguir manteniéndola con vida de todas las maneras posibles o había llegado el momento de renunciar? Con espanto me daba cuenta de que yo prefería la renuncia. ¿Qué sentido tenía una vida cuando ya no era vida?

Rena tenía la respuesta.

—No dejas morir a tus seres queridos —dijo con lágrimas en los ojos.

De nuevo fui a ver a los médicos.

—Haremos todo lo que podamos —prometieron.

Así pasaban los días. Por las noches, escribía. ¿Qué especie de monstruo era?

Los médicos cumplieron su palabra. Mamá se recuperó una vez más y una vez más la llevamos a la casa con un sentimiento de triunfo y la acostamos en la cama nueva a la que nunca se acostumbró. Quería su cama, aquella en la que había dormido al lado de su marido.

Me preparé para volver a Estocolmo. La última noche la pasé en casa de mamá, que aún estaba encamada. Por un momento nos quedamos solos. Me hizo una seña para que me acercara. Con trabajo se quitó su anillo y me lo puso en el dedo.

—Para que no te olvides de mí —dijo.

Yo no podía hablar. Si abría la boca, comenzaría a llorar. Me contuve, y le hice una pregunta. Yo tenía sesenta y nueve años y ella noventa y tres.

—¿Cómo debo vivir mi vida, mamá?

No lo pensó mucho.

—Como tu alma aguante —me respondió.

No dijimos nada más.

Durante todo el viaje de vuelta pensé en la respuesta de mamá. No había dicho «como tu alma quiera», sino «como tu alma aguante». ¿Cuál es la diferencia?

Ésas fueron las últimas palabras que me dirigió. «No olvides quién eres», me escribía mi padre durante mi primer año en Suecia, cuando la soledad cavaba zanjas en mi interior. «Como tu alma aguante», dijo mamá más de cuarenta y cinco años después. Esas dos frases eran mi ética, no tenía otra.

No habían pasado ni dos semanas cuando mamá empeoró. Todo su cuerpo se puso en huelga. Quise viajar de inmediato, pero Stelios se apiadó de mí, se daba cuenta de que los viajes me habían dejado agotado. Me aconsejó esperar. Al mismo tiempo, formuló la pregunta: ¿Seguimos con hospitales y terapias o no?

Estaba claro que mamá se estaba yendo. Los médicos no veían ninguna posibilidad. Lo único que quedaba es que estuviera esclavizada a la cama respirando con sondas y sin poder hablar ni comer, tenía el cuerpo entero hinchado.

–Y bien, ¿qué hacemos?

Intenté escabullirme.

–Tú eres el mayor –dije, aunque sabía que su posición era más difícil que la mía, porque Rena no quería ni pensarlo. Yo no estaba de acuerdo. Luchar contra la muerte cuando ya no existe ninguna esperanza, era antinatural. Y además, doloroso. Mamá estaba sufriendo.

–Suspendemos todos los tratamientos salvo aquellos que la alivian –dije con una extraña sangre fría en la voz, como si quien hablara fuese otro.

Y de alguna forma así era. Yo ya no estaba presente, intentaba imaginar una vida sin mamá y para una vida así ella debía seguir siendo como era. No podíamos impedir la muerte, pero la muerte no la haría distinta.

–Suspendemos todos los tratamientos –repetí.

Del otro lado de la línea, silencio. Yo conocía sus indecisiones.

–Yo asumo la responsabilidad –dije.

¡Qué extraño era todo aquello! «Yo asumo la responsabilidad» y otras estupideces. Palabras. ¿Quién puede asumir la responsabilidad del hecho de que seamos mortales?

Al terminar la conversación, compré de inmediato un billete para Atenas. No la alcancé. Mamá murió esa misma noche a las tres. Mi padre había muerto veinticuatro años antes, a las tres menos cuarto. La diferencia de edad entre ellos era de veinticuatro años. La muerte había añadido quince minutos.

Al funeral viajé solo, Gunilla no podía acompañarme. Del aeropuerto fui directo al cementerio. Llegué con tiempo. Hacía calor. Me senté a la sombra en una cafetería y me tomé un café. A mi alrededor muchachas y muchachos jóvenes coqueteaban. Me irritaba su manera de hablar. Despaciosa, indolente, algo como un flácido apretón de manos. Hablaban griego, pero no el griego que yo adoraba. Yo, con mi traje negro, era una pincelada equivocada en ese cuadro. Tenía la cabeza pesada, aunque vacía. Compré flores y un velón pequeño. Mi hermano y yo éramos los únicos en la iglesia que no llorábamos. Nos colocamos delante del féretro, uno al lado del otro, como esperando nuestro turno. ¿Cómo se puede describir todo eso? El rostro pétreo de mamá, las velas encendidas, las flores y las coronas, la voz monótona del sacerdote, la gente alrededor, parientes y amigos con lágrimas en los ojos. Una vez más, la triste conclusión era la misma: lo que cuenta en la vida no se puede describir, sólo se puede describir lo que no cuenta. Soñaba con librar del olvido a la vida. Con la muerte no podía hacer nada, únicamente con el olvido. Y, sin embargo, no tenía ni una sola palabra en el alma. Sólo un gran agujero negro que, como el agujero negro en el espacio atraía toda la luz hacia sí mismo y la mantenía prisionera. El salmista de la derecha tenía una hermosa voz. El de la izquierda tenía sueño. Seguimos al féretro por las angostas callejas del cementerio. El incienso y las flores me recordaron la procesión del viernes santo en el pueblo.

–Ahora quedamos sólo tú y yo –dijo Stelios.

Una amiga de mamá dejó escapar un grito largo y desgarrador cuando bajaron el féretro a la tumba.

–Antonía, ¿dónde estás ahora?

–Un problema filosófico no resuelto –le susurré a mi hermano para aliviar un poco la situación.

Después, todo sucedió muy rápido. Stelios fue el primero en echar un puñado de tierra. Estaba pálido, pero sereno. La arruga de la frente era profunda como el congosto de Molaoi. Se contenía para no llorar. Luego me tocaba a mí. Me había prometido no llorar y no lloré. También me había prometido no decir nada que no creyera, por más consolador que fuese. Nada de «nos volveremos a encontrar, mamá», y cosas por el estilo. Se había ido. Para siempre. «Gracias por todo», dije al final en voz tan baja que yo mismo no lo oí. Menos aún ella. En el bolsillo llevaba dos bellas piedrecitas. Las había recogido mi mujer a la orilla del mar y me las había dado para que las pusiera en la tumba. Lo olvidé.

Por la noche cenamos todos juntos en casa de mamá. Pescado, como pide la tradición. Un amigo fiel, Dimitris Vlasópulos, se había encargado voluntariamente de todo. Veinticuatro años antes nos habíamos reunido alrededor de la misma mesa después del entierro de mi padre. Entonces fue mi tío quien tomó el liderazgo y los hizo reír a todos con sus historias. Ahora él también había muerto. Nadie podía ocupar su lugar, aunque lo intentamos, primero mi hermano y luego yo, pero no teníamos ese instinto infalible del tío para saber cuándo el llanto se vuelve risa y el agua vino. Mamá sí lo tenía, pero también ella había muerto.

Después de la cena fui al hotel a pie. La avenida Alexandra estaba llena de gente. Restaurantes, tabernas, cervecerías, cafés, todo estaba repleto. Desde el teatro de verano llegaba música. Podría haber hecho mil cosas, pero lo que hice fue encerrarme en mi habitación y continuar escribiendo mi libro.

No sé qué habría opinado mamá. Pero a mi padre le habría gustado.

Al día siguiente me encontré con Stelios en casa de mamá. Teníamos un montón de asuntos prácticos por resolver, recibos que pagar y otras cosas. Hablábamos en voz muy baja en el piso vacío, como si no quisiéramos molestarla. Resolvimos también lo de la herencia, es decir, aquellas dos habitaciones y media. No existía nada más. Renuncié a todo. Stelios se había quedado con ella. Tuvo, sin embargo, una objeción.

–Mamá quería que te llevaras aquella mesita en la que estudiabas de pequeño. Y también dos de las sillas del comedor.

—Me va a costar un ojo de la cara.

En realidad no se trataba de eso. Simplemente no quería que cambiara nada en la casa. Las sillas permanecerían en su lugar, igual que la mesita. Algunos muebles son como las flores. No es fácil cambiarlos de lugar.

Esa misma tarde Stelios me llevó al aeropuerto. El vuelo era por Ámsterdam, donde compré una lámpara divertida para mis nietos.

12

Pasaron seis meses. Recibí una invitación del Palacio de la Música de Atenas para una charla con otros escritores griegos que escribían en lenguas extranjeras. Me alegré de encontrarme con colegas que estimaba. Alexakis, que escribe en francés, Fioreto que escribe en sueco. Había otros dos, de los que había oído hablar, pero que no había leído: Karnezis, que escribe en inglés, y Minudis, que escribe en alemán. La conversación fue intensa e interesante, y la dirigió con gracia y entendimiento Mikella Jartulari, una conocida crítica de libros.

¿Se sacó alguna conclusión? Sí. Un escritor escribe o bien en la lengua que conoce o bien en la que no conoce, pero escribe. Puede que camine con muletas en la otra lengua, puede que avance de rodillas, puede que se arrastre como un gusano, pero escribe, sencillamente porque lo necesita, porque su mensaje es más grande que él mismo. Por lo regular sucede lo contrario.

Fue un acto que tuvo un éxito insólito. La sala grande del Palacio estaba a reventar. Los que no pudieron conseguir un sitio, seguían el partido, diría, en las pantallas grandes del vestíbulo. Aterrado me veía a mí mismo proyectado al vacío como uno que vive en las nubes. Cuando reía, parecía una hiena enloquecida. Y, sin embargo, el público se divertía. Un hombre de mi edad se levantó y pidió decir dos palabras. Estaba de pie al fondo de la sala y yo no lo distinguía bien. Comenzó diciendo su nombre, y de inmediato me acordé de él. Era mi compañero Tsiunis, del colegio, que se presentó como un abogado del Juzgado Supremo de Grecia. «A ver qué me caerá encima ahora», pensé. Comenzó por mis pequeñas virtudes como escolar y compañero de clase y terminó con las grandes, como futbolista. «Un mejor lateral izquierdo no ha tenido ni tendrá jamás el prestigioso Quinto Colegio Masculino», gritó con arrebato, y el envidioso de Alexakis me preguntó en un susurro cuánto le había pagado. «Sabe lo que dice, querido Vasilis», le dije, supuestamente ofendido. Y así era. Tsiunis era el lateral derecho y teníamos nuestras rivalidades. Lo había sacado de quicio con mis regates, pero no me guardaba rencor.

Fue una agradable sorpresa, pero hubo otras también. Luego de la conversación se reunieron varias personas que o bien querían decirme dos palabras, o bien querían que les firmara un libro. Entre ellas, una mujer muy bella –ya no tan joven– pero sin duda unos veinte años más joven que yo. Se mantenía un poco apartada, como una *prima donna* en espera de hacer su entrada y en sus grandes ojos verdes estaba latente una sonrisa ligeramente irónica que me pareció conocida. ¿Nos habíamos encontrado antes? ¿Cuándo, dónde y cómo?

Mientras pensaba en eso se me acercó un joven y tras una introducción un poco imprecisa, me puso en la mano un manual, que trataba de otra rama de la familia Kallifatides y su odisea en este mundo. Un gesto muy conmovedor y además importante, porque mis conocimientos sobre la familia de mi padre eran escasos. Todavía no he conseguido visitar Trebisonda y eso me atormenta. Leo lo que me cae en las manos, busco en la red y me entero de distintas cosas curiosas. Por ejemplo, que cuando Marco Polo volvía de China se detuvo en Trebisonda, que en esa época se llamaba Trebizond y era un imperio con enemigos poderosos y amigos igualmente poderosos, entre otros la reina armenia Tamara que ofreció su ejército para hacer frente a los violentos ataques del sultán turco.

Es la memoria de mi padre la que me empuja a enterarme de estas cosas. Es la manera que tengo de continuar nuestra conversación, como aquellas tardes de domingo en que me llevaba con él a dar una vuelta por los barrios nuevos. Con las manos detrás de la espalda, jamás en los bolsillos, caminaba con su andar vivo, caprino, hablaba con su ronca voz de maestro y me explicaba qué se escondía detrás de los nombres de las calles haciendo que el pasado estuviera presente. Sobre todo, cuando pasábamos por la calle de Kalvos, el poeta. Lo descubrí por casualidad, mucho más tarde, en Suecia. Él había hecho el camino inverso al mío. Su primera lengua era el italiano. Con dificultad había aprendido de nuevo el griego en Ginebra donde estaba exiliado y deambulaba por las noches con su pesado abrigo recorriendo calles reales e imaginarias con nombres extranjeros o escribía mal griego en el papel que le había prestado la Société de Lecture, como cuenta él mismo en un poema cuya desnudez aún me produce escalofríos. Pero no murió desnudo. Tiene una calle suya en Gizi. Una calle entera.

Yo reconocía la soledad de Ginebra. No podía ser tan distinta de la de Estocolmo dos siglos después, cuando se escribieron mis primeros poemas en un sueco tímido, mientras deambulaba por calles ajenas que en cualquier momento podían transformarse en la avenida Alexandra. ¿Podría jurar que mi padre no sabía lo que hacía cuando me explicaba los nombres de las calles?

Finalmente, la bella mujer estaba frente a mí tendiéndome la mano.

–No te acuerdas de mí –me dijo como si fuera una falta criminal.

Una única persona en el mundo tenía esa voz. Fue como una iluminación y nos abrazamos sin reservas, como niños. Frente a mí estaba Meri, mi compañera de la escuela y mi gran amor en la Primaria. No siempre sabemos qué nos pasa por la cabeza. Me volví hacia quienes estaban alrededor de nosotros y dije con voz muy clara:

–Aquí tienen la razón por la que me fui a Suecia.

Rieron y yo pensé que bien podía ser verdad.

–¿María no está aquí? –le pregunté.

No, no estaba. No me dio ninguna explicación. Hablamos un poco más, pero había gente esperando. De modo que escribí alguna cosa en su libro y luego se fue, no sin antes habernos prometido que nos volveríamos a ver.

Media hora más tarde ya estaba solo e iba con pasos pesados rumbo al hotel. Sentía una alegría indecible de haber vuelto a ver a Meri, pero al mismo tiempo una repentina tristeza por no haber visto a María cuya luminosa y cálida mirada aún iluminaba mi envejecido cerebro.

Ése no era el único problema. Los organizadores del encuentro, con gran generosidad habían reservado para nosotros habitaciones en un hotel furiosamente lujoso, con grifos y espejos dorados, cerca del Palacio de la Música. El personal del hotel estaba por doquier. No te había dado tiempo de entrar cuando alguien se lanzaba a ofrecerte sus servicios. Todo el entorno era profesionalmente amable y muy formal. Me obligaba a comportarme como un turista rico, algo que ni era ni quería ser.

Me senté en el sillón y me puse a leer la historia familiar con una curiosa sensación de que las cosas comenzaban a ponerse en su lugar. La extraña atracción que siempre había sentido por los judíos y los rusos resultaba no ser tan extraña. Mi parentela se había casado con judíos y con rusos, había cambiado de patrias y de lenguas. Algunos eran ricos, otros eran pobres, había unos más inteligentes que otros, pero todos habían contribuido a nuestra mitología, esa que hace a toda familia ser una familia.

Un poco más tarde salí a caminar. Casi nada me recordaba a la Atenas que yo conocía, podría haber sido Nairobi. No me agradaba. Así que fui a pie hasta la plaza Gizi, me senté bajo un naranjo amargo, ordené un *ouzo* y volví a estar en mi ciudad. Se me quitó un peso de encima, pero quedaba otro. Aquella noche no iría a la casa de mamá, a diez metros de donde estaba. Aquella noche volvería al hotel de los grifos dorados. Fui presa de una imprevisible y cruel ansiedad. ¿Qué estoy haciendo aquí?

Me esperaban a cenar en casa de mi hermano, pero no pude no detenerme frente al piso de mamá. El balcón estaba iluminado. Se oían voces desconocidas. Había sido alquilado.

«Es la última vez que estoy en Atenas», pensé. Sin doña Antonía la ciudad estaba vacía, no tenía ni sentido ni continuidad. Yo sabía que iba a ser así. Ella era mi patria. Estaba seguro de que caería en el silencio, de que no volvería a escribir. ¿Quién leería ahora mis libros «a puerta cerrada» como decía ella, por el tanto sexo y los tantos insultos que contenían? ¿Quién me preguntaría si todo aquello estaba «en tu cabecita»? ¿Quién me llamaría «comadrejita» y «mosquita muerta»?

La vida continúa, decimos. Pero cada vez que la vida continúa, alguien o algo queda atrás, se olvida, y la vida se vuelve más vacía. Nunca había sentido un vacío tan grande en mi interior como bajo el balcón iluminado de mamá en el que no volveríamos a tomar nuestro cafecito.

Sin embargo, no tenía lágrimas en los ojos, no estaba triste. Un viento gélido soplaba en mi alma. Me quedé absolutamente inmóvil, como una liebre que presiente a un enemigo mortal. Permanecí así alrededor de una hora, hasta que se rompió el hechizo.

Cuando volví al hotel cambié mi billete y me fui a la mañana siguiente. Verdaderamente creía que aquélla había sido mi última vez en Atenas y en Grecia. Lo mismo creía mi hermano.

–No sé por qué, pero tengo la impresión de que no volverás –me dijo cuando lo llamé por teléfono para despedirme.

13

Ambos estábamos equivocados. Seis meses más tarde estaba yo de regreso, y no sólo había vuelto a Atenas, sino a Molaoi, después de sesenta y dos años. Eran dos las razones. La misa de difuntos de mamá, la primera. Y la segunda era que me había llamado por teléfono la directora de la Asociación de Señoras y Señoritas de Molaoi preguntándome si me gustaría estar en un acto que querían organizar en mi honor. La tentación de decir «no, gracias, ya es demasiado tarde» era grande y, al mismo tiempo, mezquina. Además, extrañaba el pueblo, quería verlo una vez más antes de que verdaderamente fuese demasiado tarde. Y la señora que había telefoneado era una de las personas míticas de mis años de infancia. Su padre tenía la farmacia del pueblo. Alguna vez fui ahí con mi padre. Aún me acordaba de aquel dulcísimo hombre con el cabello y las manos muy cuidados y el olor característico de la farmacia. Del orden que había dentro, del frescor.

No podía negarme. Así que tomé el avión una vez más y Gunilla viajó conmigo.

Había pasado un año de la muerte de mamá y la tristeza no me había paralizado. Más bien al contrario. Me «atrincheré» en mi escritorio y continué *Amigos y amantes* con la sensación de estar escribiendo mi testamento; daba un montón de conferencias por toda Suecia, y en una biblioteca pública hasta me recibieron con banderolas y *kurabiés*. ¿Por qué *kurabiés*? Mi libro *Madres e hijos* había tenido mucho éxito. Ahí escribía de los *kurabiés* de mamá. Entretanto, mamá había muerto. Ese día cumplía yo setenta años. Se los agradecí y me vi obligado a decirles que mamá ya no vivía. Silencio sepulcral.

No estaba del todo presente en la realidad. La vida ya no me concernía. Lo que tenía que suceder, sucedía. Tenía siempre a mamá en la cabeza y muchas veces descolgaba el teléfono para llamarla. Llevaba siempre su anillo en el dedo, no me lo quitaba nunca, aunque nunca hubiera usado anillos. Un detalle era curioso. No había llorado ni una sola vez. Y era curioso porque por lo general me conmuevo fácilmente y las lágrimas corren a raudales en la oscuridad del cinematógrafo o en competiciones deportivas. Un día estaba yo viendo con mi hija el campeonato de atletismo en Helsinki de 2005. La sueca Kajsa Bergqvist ganó en salto de altura. Mi hija tenía treinta años y no nos atrevimos a mirarnos. Nos habíamos quedado casi ciegos por el llanto. Ella recuperó antes el sentido y dijo con una voz absolutamente clara.

–¡Somos unos llorones, papá!

En pocas palabras, era incomprensible que no hubiese llorado por mamá. Sólo una explicación parecía posible: que no había aceptado su muerte. ¿Y por qué debía aceptarla? Que hubiera muerto era una cosa. Que muriera *para mí* era algo totalmente distinto.

También mi mujer había perdido a su madre. En casa teníamos su fotografía sobre una mesita y ahí pusimos la fotografía de mamá, y Gunilla se encargaba de que siempre hubiera un jarroncito con flores. Dos o tres veces al año iba con su padre al cementerio. Otras veces iba sola. Con frecuencia íbamos juntos. Cambiaba las flores en la tumba, ponía velas nuevas, luego se quedaba de pie, en silencio, unos minutos. Yo no sabía en qué estaba pensando. El día de Todos los Santos la familia entera se reunía junto al sepulcro. Hijos, nietos, yernos y nueras y naturalmente el esposo. Encendían velas, hablaban entre ellos, nada digno de ser reseñado, sin alaridos ni trenos. La vida continuaba y quien había partido la seguía, aunque desde cierta distancia. Era cálido, sencillo y humano.

Envidiaba aquella relación tranquila con la muerte. Nadie la negaba. Todos la aceptaban.

Las exequias de mamá fueron distintas. Nos reunimos en la iglesita del cementerio, no sólo la familia más cercana, había parientes y amigos también. En el barrio se habían colocado anuncios aquí y allá. Una vez más, sacerdotes y salmistas, flores y coronas. Una vez más, el recorrido por las angostas callejas en medio de las tumbas.

En pocas palabras, aquello era de nuevo un entierro. La primera vez se había enterrado a la persona; la segunda, su memoria. Me las ingenié para perderme en el gran cementerio. Me encontré con Nikos, que es todo un capítulo en mi vida. Básicamente es amigo de mi hermano y como amigo de mi hermano me protegió cuando me quedé en el pueblo sin la familia. No dudó en ponerse en peligro él, para que a mí no me pasara nada.

Nikos siempre hacía lo que quería y su padre lo golpeaba por anticipado cada mañana por las tonterías que pudiera cometer a lo largo del día. Cuando creció se fue del pueblo, y durante un tiempo fue corredor de rally, lo que a los ojos de mi hermano era la prueba irrefutable de la inmortalidad.

–Es un conductor impresionante –me decía con veneración.

Ese Nikos había venido para las exequias y de inmediato nos pusimos a conversar, nos distrajimos caminando y finalmente ya no sabíamos dónde estábamos. Yo creía recordar el lugar de la tumba. Pero no, no me acordaba. Corrimos por aquí y por allá, en todos lados había gente, pero no los míos.

De pronto sonó mi móvil. Era Stelios.

–Pero ¿dónde estáis? El pope está esperando.

–No sé exactamente dónde estamos –me vi obligado a confesar.

–Pásame a Nikos.

–¿Dónde demonios estáis? –se oyó la voz de mi hermano. Como maestro que era tenía la costumbre de hablar muy alto.

–Debemos estar cerca. ¿No podrías silbar una vez para que nos orientemos?

—¿Que silbe yo como un caco en las exequias de mi madre?

Por desgracia era indispensable. De otro modo no los encontraríamos jamás. A ese punto había negado la muerte de mamá.

—Hemos hecho el ridículo —dijo Stelios que siempre tiene miedo de resultar irrisorio.

Después nos reunimos de nuevo en el bar del cementerio para el café y los biscotes. Además, se repartió *kóliva*. Le expliqué a mi mujer que desde la antigüedad es costumbre preparar esta mezcla de trigo cocido y frutos secos en memoria de los muertos. Lo probó y me dijo que seguramente sería bueno para la digestión. Cada cual con sus pesares…

También mis bellas primas o, más bien, sobrinas habían venido de Rusia. Siempre pensé que allá teníamos parientes, pero no había conocido a ninguno.

Una tarde sonó el teléfono de mi estudio en Estocolmo. Lo descolgué y dije mi apellido, como de costumbre.

—Aquí también Kallifatides —respondió una vocecita de muchacha joven.

Rápidamente acordamos un encuentro en una plaza del centro de la ciudad. Ella llegó primero y estaba sentada sola en un banco. De inmediato supe que éramos parientes. Parecía tener dieciséis años, cuando tenía veintitrés. Hablaba el sueco con soltura y se encontraba en Estocolmo para grabar unas canciones que había compuesto. Participaría en la primera eliminatoria para Eurovisión. Había aprendido sueco en menos de tres meses. En ese momento ya no me cupo la menor duda.

—Estoy convencido de que somos parientes —le dije riendo.

Hasta ese momento yo creía tener el récord no oficial en esa materia, pero ella lo había roto.

De la conversación que siguió concluimos que probablemente su abuelo había sido hijo de uno de los hermanos de mi padre. Los habían expulsado de Turquía en 1914, como expulsaron a mi padre diez años después. No lo pasaban mal en

Rusia, pero siempre habían soñado con ir a Grecia y finalmente lo hicieron.

Qué sentimiento tan curioso es el anhelo de la patria, como también el anhelo de encontrar a tu gente. Pasan décadas, pasan generaciones y, sin embargo, ese anhelo sigue vivo. En esta ocasión corrimos con suerte. Nos encontramos, y de pronto tenía yo un nuevo primo, su esposa, sus bellas hijas y su extraordinariamente talentosa nieta.

A fin de cuentas todo salió bien. Y si mamá hubiera estado viva, habría estado muy contenta con sus exequias.

14

Al día siguiente nos pusimos en camino rumbo a Molaoi, en un coche de alquiler.

Era una tibia mañana de septiembre y nos sentíamos bien. A mí, pero, no me duró mucho. No estaba acostumbrado al tráfico pesado y de cierto modo caótico de Atenas. Ya habíamos tomado la autopista que lleva a Eleusis.

—Por este camino iban los antiguos atenienses a festejar los Misterios —le dije a mi mujer.

En ese momento caímos en un bache.

—Se ve que desde entonces no lo han reparado —me contestó.

Para fastidiarle un poco el buen humor, me puse a hablarle de los terribles meses en los que había sido soldado en la Bodega de Combustibles 783 en Skaramangás. De las deportaciones políticas de la época, de las islas de destierro, de las torturas, de la declaración de arrepentimiento. Me escuchaba con paciencia. Después dijo:

—Olvídalo. Lo pasado es un sueño.

Como si Eleusis no fuera suficiente, pasamos también por Corinto y luego por Esparta. También ahí había hecho parte de mi servicio militar. *Las palabras y los años se han perdido...* Me sumí en la tristeza.

Cuando nos acercábamos a Molaoi, parecía que el corazón fuera a salírseme del pecho. No decía nada para no preocupar a mi mujer. Intentaba orientarme, pero no era fácil. Las calles estaban asfaltadas, lo que yo recordaba como una pendiente ahora era una superficie plana... Pero cuando entramos en la plaza sentí un gran alivio. No era como yo la recordaba, pero recordaba a la que yo recordaba. ¿Y quién aparcció frente a nosotros? Nikos, por supuesto. Una vez más me protegía.

Habían pasado sesenta y dos años desde el momento en que el abuelo me tomó de la mano y nos fuimos. Ahora había vuelto con una mujer sueca y un coche de alquiler. Menos mal. Otros vuelven con un coche sueco y una mujer de alquiler.

En el café donde nos sentamos, nos atendió una muchacha bonita que si bien hablaba griego, lo hacía con acento eslavo. O sea que había extranjeros en Molaoi. Antes, la gente del lugar emigraba. A América, a Australia, a Canadá. Los tiempos habían cambiado, ¿habían cambiado también las personas?

En eso pensaba mientras bebía mi *ouzo* en la plaza, esperando a Gunilla Elizabeth, mi mujer desde hacía cuarenta años. Ver su rostro cada mañana era como abrir la ventana. Fiel a sus costumbres, estaba dando una vuelta sola con la excusa de comprar algunas tarjetas postales. No era sólo una excusa. Escribir y mandar tarjetas a los hijos y los nietos, a sus amigos y amigas era parte del viaje para ella. En una ocasión que le pedí que me acompañara a Varsovia, se alegró de manera indecible:

—Por fin, de ahí nunca he mandado tarjetas —me dijo.

La veía ir y venir por las tiendas. Los hombres la miraban. Sabía cómo estaría cuando volviera: con las mejillas rojas, como si me hubiera engañado. Y de alguna manera lo había hecho, aunque no literalmente.

Ella era mi válvula de seguridad en ese viaje de regreso al pueblo para que no perdiera yo la cabeza, para que no olvidara que mi vida ya estaba en otro lado.

Nikos corría detrás de ella para pagar sus compras.

—Ella tiene dinero —le grité.

—Aquí no sirve —me respondió.

Lo había olvidado. La hospitalidad tiene sus reglas.

Distintos señores —únicamente señores— se acercaban a mi mesa y se presentaban con la misma frase: «Seguro que no te acuerdas de mí».

No sabía qué responder. La verdad es que todos me recordaban a algo y poco a poco las cosas se pusieron en su lugar. De uno había sido compañero, con el otro había jugado al fútbol, el tercero había sido alumno de mi padre, el cuarto había sido compañero de mi hermano en la escuela y así sucesivamente. Y de pronto entendí lo ridícula que resultaba mi misión secreta de encontrar la verdad después de tantos años. ¿Quién había delatado a mi padre a los alemanes? Seguro que aquellos señores no. Entonces eran niños, como yo. Quienquiera que hubiese sido, ya no existía, estaba muerto y enterrado. Gunilla tenía razón. Mejor olvidar el pasado.

Fue un gran alivio. En realidad, quería que me gustaran todos y todo, cada persona, cada árbol, cada piedra.

No era difícil. Aquella tarde de finales de septiembre aún era cálida y del congosto llegaba una brisa con fragancias embriagadoras. Los años que habían pasado me parecían como una gran zambullida de la que ahora emergía de nuevo a la superficie. Respiré con libertad.

De pronto apareció Nikos con una mujer joven que quería hacerme una entrevista para la emisora local de radio. La presentó como La Reina de Molaoi. Su belleza me dejó aturdido y dije que Molaoi no era un reino grande. Una metedura de pata, es obvio, pero la reina rio de buena gana y la entrevista fue muy bien.

Después queríamos visitar la blanquísima iglesia de Santa Paraskeví arriba en la montaña. Me apetecía volver a ver el icono milagroso, pero la verdad es que el camino estaba intransitable, porque había obras. Nikos consiguió encontrar un taxista que conducía su pesado Mercedes como si fuera una bailarina de ballet. Yo llevaba en las manos el librito que poco antes me había regalado el escritor y maestro Kostas Prajalis. Llegamos sanos y salvos y le dije a mi mujer que santa Paraskeví había vuelto a hacer el milagro. El taxista nos dejó ahí y se fue, tras habernos advertido que tuviéramos los ojos bien abiertos porque ahí arriba había un montón de víboras.

Dentro estaba oscuro y fresco. No soy religioso, pero amo las iglesias. Estuvimos mucho tiempo contemplando el icono milagroso.

Después nos sentamos en el pretil, a la sombra de un alto ciprés. Frente a nosotros se desplegaba el campo. Sesenta y dos años atrás, con los almendros florecidos, el abuelo me había tomado de la mano y nos habíamos ido.

−¡Qué hermoso lugar! −dijo Gunilla.

Me gustó que lo dijera. Para volver, tomamos un sendero que iba paralelo al congosto. La vegetación es casi tropical. De ahí llegaban los partisanos y «pájaros negros les mostraban el camino». Perderte ahí dentro no era fácil, pero llegar a tu destino era difícil. De repente vimos algo que siempre había existido, pero que yo no recordaba en absoluto. Las ruinas de un molino de agua.

−Qué curioso que no lo recuerde en absoluto −dije.

−Han pasado muchos años −me respondió Gunilla.

En la plaza nos esperaba Nikos con mi hermano, que entre tanto había llegado en su coche. Nikos nos invitó a comer. Distintas personas pasaban a darnos la bienvenida y Stelios, en voz baja, me aclaraba quiénes eran.

Luego hablamos un poco del cauce que en algún momento había dividido al pueblo en dos. Ahora era una avenida. Los mataderos que alguna vez habían estado ahí y la sangre que corría a raudales ya no existían. La gruta que nos sirvió de refugio cuando los bombardeos, no se veía. El puentecito, pequeño y hermoso que llevaba a Pakia, el pueblo vecino, ya no existía. Ahí, en su base, María la loca tenía su hogar. Un trozo grande del pasado había sido cubierto de asfalto.

−¿Te gustaría que todavía estuviera el cauce? −me preguntaron.

−Sin duda alguna.

No todos se habían ido. Los mejores se habían quedado. Y los todavía mejores, habían muerto.

Hic Rhodus, hic salta...

184

¿No decían así los antiguos? Sí, así decían y eso hacían. Yo había dado el salto en otro lado. No era culpable, pero ya no me bastaba para perdonarme a mí mismo.

Al terminar la comida fuimos al hotel en Elea. Los dueños habían emigrado a Canadá, pero ya habían vuelto. ¿Estaban contentos? Más o menos. La vida en Canadá no era mala. Además, sus hijos se habían quedado allá.

–La patria es patria y el extranjero es extranjero, pero hay veces en que el extranjero se vuelve patria y la patria, extranjero –dijo la señora Gueorguía, que lo dirigía todo.

–He escrito dos mil páginas para decir lo mismo –me quejé con mi esposa cuando entrábamos en nuestra habitación, donde nos estaba esperando un ramo de flores de parte de quienes organizaban el encuentro. Por fortuna Gunilla me conocía.

–Estás nerviosísimo por lo de mañana –me respondió.

–He vivido mi vida en Suecia esperando que esta gente algún día me viera.

–Ahora te han visto –dijo y abrió la ventana que daba al mar.

Bajamos al bar del hotel a tomar algo. Ahí estaba esperando *Rex*, que de inmediato se enamoró de mi mujer. Por fortuna no era más que un perrito que quería jugar.

–Ahora estoy cansada, mi chiquito. Mañana –le dijo.

–¿Tú crees que entiende sueco?

–No, pero puede aprender.

Lo cierto es que tenía razón. Ya al día siguiente *Rex* había aprendido lo básico y estaba exultante. En realidad, yo nunca había visto a nadie tan contento por la adquisición de unos nuevos padres. *Rex* era el primer perro bilingüe en Elea, y seguramente en toda la comarca y, bueno, ya que hemos cogido carrerilla, ¿por qué no en toda Grecia?

El día siguiente estuvo dedicado a la cacería de mis primeros años de infancia. Primero fuimos al taller del abuelo, que aún existía, pero ya no funcionaba. Gunilla me tomó una foto frente a la puerta azul cerrada. Después buscamos la casa familiar. Yo creía recordar exactamente en dónde estaba. No la encontré. Llamé por teléfono a mi hermano y solamente así conseguimos localizarla. Pero no era como la recordaba. Encima, yo no había nacido ahí, sino en otra casa que ya no existía.

Fuimos a la escuela donde había cursado el primer año de primaria. Nada se movió dentro de mí. Mi alma estaba vacía, muerta. Lo pasado ya no era ni siquiera un sueño. Lo pasado había desaparecido. Como si lo hubiese imaginado. Sobre todo aquel muro encalado que veía siempre. En ese momento tenía yo cinco años. Los alemanes seguían en el pueblo. Habían perdido la guerra. La resistencia aumentaba día a día. Para demostrar que aún controlaban la situación, fusilaron a un infeliz enfrente de nuestros ojos. Yo estaba ahí, con mamá. Mi padre estaba en la cárcel. Mis hermanos mayores estaban fuera. Tenía a mamá de la mano. El condenado a muerte se negó a que le vendaran los ojos. Cuando lo alcanzaron las balas, no pudo caer hacia atrás. Aquel blanquísimo muro encalado se lo impedía. Cayó de bruces poniendo las manos como si quisiera protegerse de la caída. Sus ojos estaban muy abiertos. *Y me miraba*. Mi padre me había enseñado a leer y a escribir. Esa noche escribí de aquellos ojos. Desde ese momento no he parado. Sólo cuando murió mamá creí que no escribiría más. Tenía a mamá de la mano cuando escribí mis primeras líneas. Me equivocaba. No, mamá no me dejaría mudo. Aquello iba en contra de sus principios.

De mal humor tomé el camino a Monemvasía esperando hallar algo en ese lugar del que me había ido sesenta y dos años antes. Encontré la vieja ciudad-fortaleza, las angostas callejuelas, las bellas iglesias y las tabernas a la orilla del mar. Pero dentro de mí no encontré nada. ¿Qué estoy intentando, finalmente? ¿Qué busco?, me lamentaba con mi esposa. Quizá todo sea un gran malentendido.

De regreso se obró el milagro. Vi un letrero pequeñito en un arco. Finiki. Ahí estaba San Pedro, la finca de mi bisabuela. Se apoderó de mí un sorpresivo y ferviente anhelo de volver a ver el gran castaño. Ahí, en su espesa fronda dormíamos nosotros los niños los calurosos veranos, en una cama improvisada que nos había hecho el abuelo. Decían que el castaño tenía cuatrocientos años. Su tronco era tan grueso que se necesitaban cuatro personas para abrazarlo. Mi cuerpo aún recuerda la sombra fresca de aquel altísimo árbol, a los pájaros que llegaban por la tarde, el sonido de las castañas al caer sobre la tierra seca.

El camino, asfaltado a lo largo de los primeros cien metros, desembocó en una estrecha vereda de tierra rojiza. Al lado, los «inmortales» estaban cubiertos de polvo rojizo. Sus hojas se habían hinchado por el agua acumulada. En realidad, son casi imposibles de quemar. La vista de sus espinas puntiagudas hizo que me rascara instintivamente la espalda. Aún tenía las marcas de cuando unos chicos mayores que yo me habían desollado con aquellas espinas. Y habría sido peor si Nikos no hubiese intervenido.

Corté con cuidado un higo de tuna, le quité la cáscara y se la di a probar a mi mujer.

–Come Grecia –le dije, sorprendiéndome a mí mismo. ¿De dónde había sacado yo tanta chulería?

Estaba convencido de que de un momento a otro veríamos el castaño. Tomé un sendero que a su vez nos condujo a otro que nos llevó de regreso al primero. Gunilla fingía estar leyendo. No me tenía demasiada confianza en cuestiones de orientación.

–Tú no encuentras ni los huevos en la nevera –solía decir.

Y sí, la verdad es que no sabía dónde estaba. Pero no me molestaba. Al contrario. Cuando más agradable es perderse es cuando uno busca encontrarse a sí mismo.

En ese momento vimos a alguien en un terreno. Me acerqué a él. Era joven, no debía de tener más de veinte años. Estaba intentando poner en marcha una bomba. Los últimos melones y sandías aún necesitaban agua. Intenté encontrar una manera de explicarle mi problema y empecé desde el principio. ¿Había oído hablar de una finca que se llamaba San Pedro? No. ¿Había oído hablar de don Stelios que había sido el hojalatero y el fotógrafo de Molaoi? No. ¿De casualidad había oído hablar de don Lampis, que era fontanero y tenía una agencia desde donde se podían enviar paquetes al extranjero? Sí, pero hacía muchos años que había muerto. ¿De casualidad había oído hablar de un castaño muy grande, antiquísimo? Se le iluminó el rostro. Claro, todo el mundo conocía ese árbol.

—¿Está lejos de aquí?

—No, pero no lo encontraréis jamás. Dadme un minuto y os mostraré el camino.

Le dio un tirón a la cuerda y la bomba arrancó. Un agua limpia llena de burbujas saltó con fuerza.

—Venid conmigo.

Se sentó en su motocicleta. Conducía sin coger el manillar, porque en una mano tenía un cigarrillo y en la otra su teléfono móvil. No me resultó fácil seguirlo, pero finalmente llegamos.

—Aquí es.

¿Y el castaño?

Se había quemado. Su tronco se había convertido en carbón y ahí dentro ahora crecía un nuevo castaño. En cien años sería tan grande como el otro. Le di las gracias al muchacho que desapareció envuelto en una tolvanera roja.

Miré a mi alrededor. Aún existía lo que yo recordaba como el palacio estival. En realidad, era una cabañita. Yo era más alto. Gunilla tomó algunas fotografías, pero no llevaba la cámara que hace falta para fotografiar los días y las noches de estío que había pasado ahí, ni a mi bisabuela y su junco con el que le pegaba a las gallinas y a los nietos, ni la risa de mis hermanos. A aquella cabañita fue mi padre cuando salió de la cárcel al terminar la guerra.

Caminamos un poco por el terreno. Gunilla cortó un limón grande como recuerdo. Yo cogí un trocito de carbón del tronco del castaño calcinado.

De regreso a Elea, nos detuvimos en una playa desierta. Hacía viento y las olas eran feroces, pero no resistimos y nos dimos un baño. ¡Qué sorpresa nos llevamos al entrar! De pronto estábamos cubiertos de sargazo de la cabeza a los pies, como genios del mar. Las fotografías no salieron.

Había llegado ya la hora del encuentro. Yo me había imaginado una pequeña reunión con amigos de la literatura, pero no había contado con los organizadores.

El gran salón de actos estaba lleno de gente. Hombres y mujeres de todas las edades, todos vestidos muy formalmente.

—Ha venido todo el pueblo —me susurró mi hermano.

Resultó que lo que había empezado como una iniciativa de la Asociación de Señoras y Señoritas de Molaoi se había convertido en un asunto de todo el Ayuntamiento, con el infinitamente diligente alcalde a la cabeza. Aun el obispo metropolitano había enviado a un representante. Saludaba yo a derecha e izquierda cada vez más perturbado. Gente joven entraba sin parar. Al final, debía de haber unas ochocientas personas. Dejé a mi mujer con mi editor y me abandoné a la dulzura del momento, nadaba despreocupado en aquel mar de sonrisas amigables, como pocas horas antes había nadado en el mar de sargazos. Ya que ellos me habían perdonado, los perdonaba también yo.

Se ofrecían todo tipo de bebidas, pero yo quería un whisky.

—Sabia elección, señor Kallifatides —me alabó el camarero, un jovencito veinteañero.

Con gran alegría vi a mi amigo de Suecia, Thanasis Psaroulis. Había venido a la ceremonia desde Kalamata con su esposa que era, como la mía, sueca. Así, Gunilla también tuvo compañía.

Un poco más tarde, el alcalde Yannis Tsagkaris inició la ceremonia evidentemente emocionado de que tanta gente hubiese llegado para honrar a un escritor que es «nuestro compatriota y molaoita». Luego amablemente le dio las gracias a la presidenta de la Asociación de Señoras y Señoritas y le cedió la palabra. La bella Danae Mosjovaku ya era mayor, pero yo aún podía verla en su balcón sesenta y dos años antes. Habló, entre otras cosas, de mi madre que solía llamarme «mi mochuelo», porque leía por las noches.

El discurso central de la velada lo hizo Dimitris Andritsakis, con quien jugaba yo de niño a la pelota. Ahora era profesor de Odontología en la Universidad de Atenas, pero había conservado su amor por la literatura. Incluso tuvo la gentileza de traducir su discurso al inglés para que mi esposa pudiese leerlo. Habló largo rato, analizó mis libros con buen sentido y con afecto y, al mismo tiempo, narró algunos recuerdos de nuestros juegos.

Los aplausos no terminaban, continuaron aun cuando él ya había bajado de la tribuna. Se llevó la velada.

Lo sucedió otro compañero de primer año de primaria, el abogado y experimentado orador Yannis Saltavareas. Se limitó a una anécdota que, en mi opinión, lo decía todo. «El primer día de escuela la maestra preguntó si alguien sabía leer. Nadie levantó la mano. "Pero alguien tiene que conocer por lo menos una letra", dijo desalentada y se volvió hacia el niño más delgadito. "Tú, Thodoraki, ¿no conoces ninguna letra?" Él movió afirmativamente la cabeza. "Y… ¿sabes leer?", volvió a preguntarle. De nuevo movió afirmativamente la cabeza. Le dio el libro para que leyera el primer trocito. "No lo necesito", dijo y comenzó a recitar el texto una página tras otra. Se lo había aprendido de memoria, el muy bribón», concluyó Saltavareas y de nuevo el público se deshizo en aplausos.

–Oye lo que dicen –le dije a mi mujer a quien estaba yo traduciendo el discurso.

–Desde entonces eras omnisciente –me respondió imperturbable.

Lo curioso era que yo no me acordaba de nada. Pero me sentía muy conmovido, y por un momento la idea de que aquel muchachito de siete años seguramente era yo me produjo vértigo. Por primera vez en mi vida me sentí solidario conmigo mismo.

Después me invitaron al escenario para darme los regalos de la Asociación y del pueblo. Aceite, higos y almendras. Lo que fue absolutamente inesperado fue la copia de mi libreta de calificaciones de primero de primaria, único año en que había asistido a la escuela del pueblo.

Lo presente y lo pasado se fusionaban como dos ríos. Recibía los regalos con la cabeza baja. La Asociación me dio una preciosa corona de hojas de olivo en plata. Después recibí del alcalde una placa de plata que decía que la comunidad de Molaoi honraba al ahí nacido escritor Theódoros D. Kallifatidis. Esa D. me sacudió. Era la inicial del nombre de mi padre. Pero no habíamos terminado todavía. El secretario del consejo de la comunidad leyó el protocolo de la última reunión, en la que se había decidido dar mi nombre a una calle de Molaoi.

Era demasiado para mí. Con lágrimas en los ojos y voz temblorosa le di las gracias a todos y sobre todo a los dioses que me habían dado a Molaoi como patria, ese lugar donde después de la lluvia la tierra huele más hermoso que en ningún otro.

No conseguí decir nada más. Bajé de la tribuna, todos estaban de pie aplaudiendo rítmicamente. Pasé frente a ellos con pasos inseguros –no creía poder llegar a mi lugar– pero llegué y ahí estaba «la muchacha de la residencia estudiantil», como siempre a lo largo de los últimos cuarenta y dos años.

La cena que siguió no tuvo sorpresas ni más discursos. La noche era cálida, la comida excelente, el vino abundante, muchas mujeres llevaban vestidos sin hombros. Mi tía Arguiró, que siempre había vivido en el pueblo, no paraba de llorar. «Ah, si tu tío estuviera aquí, cuán orgulloso se sentiría», comentaba.

Tanto Gunilla como yo bebimos bastante. Sólo mi hermano se mantuvo relativamente sobrio. Por eso a él le tocó llevarnos de regreso al hotel.

En el coche comenzamos a cantar. *Haz la cama para dos, para ti y para mí.* Gunilla, que tenía todo el asiento de atrás para ella, se acostó y bostezaba.

Cuando pasábamos por Pakia vi la iglesita en la plaza y le pedí a Stelios que se detuviera un momento. Quería verla de cerca.

—Me detengo, pero no con gusto —dijo.

Su voz tenía algo distante.

—¿Por qué no?

Detuvo el coche y se giró hacia mí.

—Aquí fue, exactamente aquí, en el patio de la iglesia, donde me azotaron de mala manera.

Ése era, pues, el gran secreto. Le pedí que me lo contara todo.

No había cumplido todavía los once. Lo pilló un agente del Cuerpo de Seguridad y lo golpeó delante de todo el pueblo. Nadie protestó. Sólo una anciana salió a su balcón. «¿Por qué le pegas al niño tan despiadamente, capitán Jristos?», le gritó y aquél respondió sin dejar de azotarlo: «porque es hijo del maestro comunista». Luego siguió golpeándolo hasta que se aburrió y lo dejó inconsciente sobre las baldosas del patio. Todavía tenía las cicatrices en el cuerpo.

—¿Lo volviste a encontrar alguna vez?

—No, se fue a Sudamérica. Pero lo encontraron y lo mataron como a un perro.

¿Qué más se puede decir?

Lo pasado volvió. Lo pasado no era un sueño, aunque ya pudieras vivir con él. Los años y los tiempos habían pasado y quizá era hora de encontrar de nuevo aquella piedra negra que eché a mis espaldas cuando me fui.

Era hora.